Cupim

Layla Martínez

Cupim

TRADUÇÃO
Joana Angélica d'Avila Melo

Copyright © 2024 by Layla Martínez
Copyright das ilustrações © 2021 by Victoria Irene Borrás Puche

*Grafia atualizada segundo o Acordo Ortográfico da Língua Portuguesa de 1990,
que entrou em vigor no Brasil em 2009.*

Título original
Carcoma

Capa
Elisa von Randow

Imagem de capa
Sem título, 2021, de Marcela Novaes. Têmpera guache profissional sobre papel, 21 × 22 cm.

Ilustrações
Victoria Irene Borrás Puche

Preparação
Julia Passos

Revisão
Clara Diament
Gabriele Fernandes

Dados Internacionais de Catalogação na Publicação (CIP)
(Câmara Brasileira do Livro, SP, Brasil)

Martínez, Layla
    Cupim / Layla Martínez ; tradução Joana Angélica
d'Avila Melo. — 1ª ed. — Rio de Janeiro : Alfaguara, 2024.

    Título original : Carcoma.
    ISBN 978-85-5652-213-9

    1. Ficção espanhola I. Título.

23-178335   CDD-863

Índice para catálogo sistemático:
1. Ficção : Literatura espanhola   863
Eliane de Freitas Leite – Bibliotecária – CRB 8/8415

Todos os direitos desta edição reservados à
EDITORA SCHWARCZ S.A.
Praça Floriano, 19, sala 3001 — Cinelândia
20031-050 — Rio de Janeiro — RJ
Telefone: (21) 3993-7510
www.companhiadasletras.com.br
www.blogdacompanhia.com.br
facebook.com/editora.alfaguara
instagram.com/editora_alfaguara
twitter.com/alfaguara_br

A José, para que o Diabo abençoe a nossa união

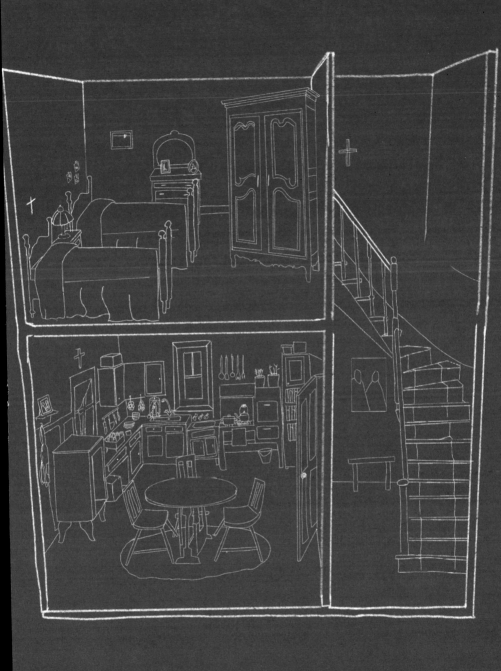

1

Quando transpus o umbral, a casa se precipitou sobre mim. Este monte de tijolos e imundície sempre faz isso, se lança sobre quem quer que atravesse a porta e lhe retorce as tripas até deixá-lo sem fôlego. Minha mãe dizia que esta casa faz os dentes das pessoas caírem e seca as suas entranhas, mas ela partiu daqui há muito tempo e eu não me lembro dela. Sei que dizia isso porque minha avó me contou, embora não fosse preciso porque eu já sei. Aqui caem os seus dentes e o seu cabelo e as suas carnes e se não tomar cuidado você fica se arrastando de um lado para o outro ou se joga na cama e não se levanta mais.

Deixei a mochila em cima da arca e abri a porta da sala de jantar. Minha avó não estava ali. Tampouco embaixo da mesa da cozinha ou no armário da despensa. Decidi arriscar no andar de cima. Abri as gavetas da cômoda e as portas do guarda-roupa, mas também não a encontrei. Velha de merda. Então vi umas pontas de sapato aparecendo por debaixo de uma das camas. Em qualquer outra circunstância eu não teria levantado a borda da colcha porque é melhor não incomodar os que vivem lá embaixo, mas os sapatos da minha avó são inconfundíveis. O verniz brilha tanto que do outro lado do cômodo você consegue ver seu reflexo neles. Quando levantei a colcha, ela estava olhando fixamente as tábuas do estrado. Uma vizinha que uma vez a tinha visto sair da arca disse aos jornalistas que a velha era demente, mas o que saberia aquela mexeriqueira fodida, que andava sempre com o cabelo mais emporcalhado do que a fritadeira de um bar de beira de estrada? Não era demência.

Puxei a velha para fora, botei-a sentada na cama e a sacudi pelos ombros. Às vezes funciona e às vezes não, dessa vez não. Quando não funciona é melhor esperar que aquilo passe. Arrastei-a até o corredor, abri a porta do sótão, empurrei-a para dentro e tranquei. Nesta casa todas as portas podem ser fechadas por fora. É uma tradição familiar, como aquelas idiotices que as pessoas fazem no Natal. Nós temos muitas tradições, como trancar uma à outra, mas nunca comemos cordeiro porque os cordeiros não nos fizeram nada de mal e isso pareceria falta de educação.

Desci para buscar a mochila e subi de novo. Além da escada que leva ao sótão, no andar de cima só tem um quarto que compartilho com a velha. Deixei a mochila sobre a cama, a pequena, que antes havia sido da minha mãe e antes da minha avó. Nesta casa não se herda dinheiro nem anéis de ouro nem lençóis bordados com as iniciais, aqui o que os mortos nos deixam são camas e ressentimento. A malquerença e um lugar para se largar à noite, essas são as únicas coisas que você pode conseguir nesta casa. Nem sequer me coube o cabelo da minha avó, mesmo em sua idade a velha continua tendo o cabelo forte como corda grossa que é uma glória ver quando ela o solta e eu com quatro fios escorridos e minguados que grudam na cabeça e duas horas depois de lavados já estão totalmente oleosos.

Eu gosto da cama porque a cabeceira é cheia de estampas de anjos da guarda pregadas com fita adesiva. De vez em quando o adesivo cai de velho e apodrecido mas eu logo o troco por outro pedacinho que corto com os dentes. Minha preferida é uma na qual o anjo vigia dois meninos prestes a cair em um barranco. Os meninos estão brincando num penhasco e sorriem com cara de imbecis como se estivessem no pátio de casa e não na borda de um despenhadeiro. São bem grandinhos mas ali estão os idiotas na maior despreocupação. Muitas manhãs eu olho essa estampa assim que acordo para ver se os meninos já caíram. Também tem outra na qual um bebê está prestes a atear fogo na casa, uma em que irmãos gêmeos estão tentando meter os dedos numa tomada e outra com uma menina prestes a amputar uma falange da mão com uma faca de cozinha. Todos sorriem como psicopatas, com aquelas bochechas redondas e rosadas. A velha pôs as figuras ali quando minha mãe nasceu para que os anjos a protegessem e toda noite antes de dormir as duas se ajoelhavam ao lado da cama com as palmas das mãos juntas e rezavam quatro cantinhos tem minha cama quatro anjinhos a vigiam. Mas depois a velha viu os anjos de verdade e percebeu que quem tinha desenhado as estampas nunca havia visto um deles na vida porque nenhum tem aqueles cachinhos louros e aquelas caras formosas. Todos se parecem mais com insetos gigantes, com louva-a-deus. E minha avó parou de rezar porque quem ia querer que viessem quatro louva-a-deus com suas centenas de olhos e suas bocas de pinça para a cama da sua filha? Agora rezamos para eles porque temos medo de que pousem no telhado e metam suas antenas e patas compridas pela chaminé. Às vezes ouvimos um ruído no sótão e subimos para conferir e vemos os olhos deles nos vigiando por entre os vãos das telhas e então rezamos uma ave-maria para espantá-los.

Tirei as roupas de dentro da mochila e botei em cima da cama. Quatro camisetas, dois suéteres, cinco calcinhas, cinco pares de meia e a roupa que eu vestia quando tinha que ir ver o juiz: uma calça preta e uma blusa florida. Essa blusa e essa calça eram as mesmas que eu usava para as entrevistas de emprego porque com elas também queria transmitir que era inocente e boa e que portanto estava mais do que disposta a ser explorada de forma selvagem. Com o juiz funcionou isso de parecer inocente, mas com os empresários não. Acho que viam a raiva na minha cara porque eu sorria apertando os dentes. O único trabalho que consegui foi cuidar do filho dos Jarabo, para quem não importavam a blusa e a malquerença porque minha família sempre havia servido a deles e assim iria continuar sempre, não importava como eu me vestisse nem o rancor que nutrisse por eles.

Agora a blusa já não serve para nada porque desbotou mas tanto faz porque não vou mais ter uma entrevista de emprego nem ninguém vai me contratar, não depois do que aconteceu. Já não vou ter que apertar os dentes para que a bílis não saia mas diz a velha que alguma coisa terei que aprender a fazer. Ela fala isso porque não me quer o dia inteiro aqui na casa mas tem razão porque se eu passo muito tempo sem fazer nada me atacam os nervos e a podridão. Um trabalho que me agradaria é levar cachorros para passear, mas aqui ninguém vai me pagar por isso, aqui eles deixam os cachorros presos em um cercado e de vez em quando jogam um pedaço de pão duro por cima do portão e olhe lá.

Bem, continuando. Quando tirei a roupa da mochila despi a camiseta e a troquei por uma limpa. Gostaria de dizer a vocês que a camiseta era bonita mas não é verdade e quero contar as coisas tal como aconteceram e a verdade é que as duas eram igualmente feias e estavam deformadas e desgastadas pelo uso, mas pelo menos a segunda não fedia a lugar fechado como os ônibus de merda que temos aqui, que trazem grudado no estofamento aquele cheiro de vestiário de ginásio esportivo. Meti a roupa na última gaveta da cômoda mas sabia que era uma estupidez. No dia seguinte precisaria buscá-la no armário da cozinha ou nas prateleiras da despensa ou na arca da entrada. Sempre acontece a mesma coisa, nesta casa você não pode confiar em nada mas sobretudo não pode confiar nos armários nem nas paredes. Nas cômodas um pouco mais porém não muito.

Ouvi um ruído seco e percebi que a velha golpeava a porta com a testa. Devia estar prestes a voltar a si, era melhor despertá-la antes que se aproximasse da janelinha do sótão, não seria a primeira vez que caía ou se jogava, o que no caso tanto fazia porque ficaria inválida ou idiota se continuasse com aquilo. Retornei ao sótão e abri a porta. Desta vez sacudi a velha com mais força até que ela voltou totalmente a si e disse ai, filha, não ouvi você entrar. Respondi que fazia meia hora que eu tinha chegado mas que ela estivera desatinada esse tempo todo. Quando os santos levam a gente, levam mesmo, me disse ela, e a vi sair do aposento e descer a escada. Os degraus rangeram como se estivessem prestes a rachar embora a velha não chegue nem aos cinquenta quilos. Você olha para ela e é tudo pelanca, tudo penduricalho sem carne dentro. Já quando eu desci não fizeram ruído. Nos degraus também não se pode confiar.

A velha dava voltas pela cozinha, de um lado para outro, atarefada. Eram quase duas da tarde mas eu não tinha fome porque nessa época eu não tinha fome nunca, minha única sensação na barriga era um fastio como de cachorro doente. Ela botou dois pratos fundos em cima da mesa e trouxe a panela. Não foi preciso perguntar o que havia para comer porque nesta casa sempre comemos a mesma coisa. Me acostumei porque é assim desde que me lembro, mas as pessoas acham estranho quando eu conto. A velha põe no fogo uma panela com água e vai jogando o que tiver, que em geral é o que colhe na horta ou o que encontra no monte, às vezes também um punhado de grão-de-bico ou de feijão que compra dos caminhões que vêm vender no povoado. A panela ferve durante horas e depois um pouco a cada dia e a velha vai jogando coisas segundo lhe parece e à medida que vamos comendo ela vai acrescentando água e jogando mais coisas e quando aquilo ameaça ficar rançoso ela lava a panela e começa de novo. Minha mãe odiava essa comida mas não importa porque eu já falei que minha mãe foi embora há muito tempo. Eu também não gosto mas não digo nada porque não tenho ânimo nem pendor para cozinhar outra coisa.

Joguei vários pedaços de pão no ensopado como sempre faço e esperei até ficarem encharcados. A velha pegou uma garrafa de vinho e encheu três copos, um para mim, outro para si mesma e outro para a santa. Ela anda um pouco abatida, disse, e pôs o copo junto à figura de santa Gema que mantém num altar perto da pia. Depois se sentou à mesa, ao meu lado, e quis saber se havia muita gente no ônibus. Só eu e o açougueiro, respondi, e ela perguntou se o açougueiro tinha me dito alguma coisa com aquela sua língua de babão e canalha que se ele morder se envenena. Ele não tinha dito nada porque neste povoado além de canalhas são covardes e aqui não lhe dizem nada na cara a não ser que se amontoem em quatro ou cinco.

Minha avó se levantou e serviu mais vinho no copo da santa, até quase derramar. Depois fez o sinal da cruz. Vamos ver se esta noite a Gemita dá pesadelos ao desgraçado, disse, mas eu sabia que não porque a santa não pode se ocupar do tanto de miseráveis que existe neste povoado. Disso temos que cuidar nós duas. Quando acabamos, recolhi os pratos e os botei na pia. Minha avó foi para a sala de jantar e despencou no banco para rezar o rosário. Uma ave-maria para os mortos, outra para os santos e outra para a Virgem do Monte, que toma conta do povoado lá do alto da serra.

Saí para o pátio da frente e me sentei no poial ao lado da porta. O povoado está sempre vazio a essa hora, mas de todo modo os vizinhos não vêm até nossa porta a não ser que precisem pedir alguma coisa à velha. Quando não têm outro remédio exceto passar aqui em frente para ir a algum oliveiral ou a uma eira, apertam o passo como se tivessem acabado de lembrar que deixaram o registro do gás aberto. Mesmo assim, alguns têm tempo para cuspir na entrada do pátio. Os escarros ficam grudados e deixam manchas brancas depois que o sol os seca. Uma noite alguém jogou água sanitária na parreira. As folhas caíram, mas os ramos ainda se agarram à fachada. Minha avó se negou a arrancá-la. Que todos vejam, disse. Em um dos ramos, pendurou uma estampa de santa Águeda. A auréola e a bandeja sobre a qual a santa carregava os seios amputados no martírio eram douradas. Uma gralha arrancou e levou a estampa. Deixamos mais coisas brilhantes para a gralha, mas ela não veio buscá-las, só estava interessada na santa. Eu a entendi perfeitamente.

Ouvi uma voz me chamando e voltei para dentro. A atmosfera se tornara mais pesada, a casa prendia a respiração. Fui à sala de jantar, mas a velha dormia no banco, de boca aberta e com o rosário na mão. Voltei a escutar a voz, desta vez no andar de cima. Subi correndo, mas só deu tempo de ver a porta do guarda-roupa se fechando. Eu não ia cair na armadilha. Botei uma cadeira na frente e travei a porta do móvel com ela. Virei para sair, mas antes de chegar ao corredor os golpes começaram. No início eram fracos, depois aumentaram de intensidade. Chamavam dali de dentro, cada vez com mais força. Depois vieram os arranhões e as sacudidas e a porta do guarda-roupa começou a rachar. A madeira se quebrava a cada murro. Do interior do móvel saía um pranto como de menino que eu logo reconheci porque o escutara centenas de vezes. Me aproximei da porta. Nesse momento, a cadeira caiu no chão e o guarda-roupa abriu. A casa inteira se contraiu ao redor do quarto, à espera.

É melhor que fique fechada, menina, disse a velha atrás de mim. Sua voz me sobressaltou, eu não a ouvi subir a escada nem entrar no quarto. As vozes do guarda-roupa sempre têm esse efeito, uma espécie de atordoamento que não deixa você pensar em mais nada quando as ouve, como se tivesse ficado idiota ou surda ou as duas coisas. A velha se aproximou do guarda-roupa, puxou a chave que sempre trazia consigo e o trancou depois de afastar a cadeira que eu tinha posto ali. A casa estreitou suas paredes e seus tetos e se lançou sobre nós, quem sabe se para nos proteger ou nos sufocar, talvez as duas coisas porque entre estas quatro paredes não faz muita diferença.

Ouvimos o motor de um carro parando no caminho de terra, diante da entrada do pátio. Me aproximei da janela e abri a cortininha da vidraça. Um lampejo me ofuscou por alguns instantes, o sol refletido na objetiva de uma câmera que apontava para a casa. Alguém devia ter avisado que eu estava de volta. Quando tudo aconteceu, o povoado se encheu de jornalistas que conversaram com os vizinhos e todos correram a lhes contar fuxicos para ver se assim apareciam na televisão. Claro que apareciam, quanto mais contavam e mais inventavam mais apareciam. Eram entrevistados ao vivo nos programas matinais e diziam que eu mal tinha frequentado o colégio que não falava com ninguém que eles nunca haviam conhecido namorados meus mas que eu olhava para as moças. Ai, não quero me meter mas para minha neta ela olha com desejo, ai, eu não sei mas aqui nunca foi vista com nenhum homem, diziam os hipócritas e o ódio ficava entre os seus dentes junto com os restos de comida. Falsos e canalhas, é só isso que existe neste povoado, eu já disse a vocês. Todos desejam ir dedurar ao patrão à polícia aos jornalistas tanto faz sobre o quê mas querem dedurar algo para ver se com isso ganham um tapinha no ombro.

Sobre a velha também fofocaram. Disseram que ela falava sozinha que dormia dentro da arca que tomava banho pelada embaixo da parreira. As entrevistas eram cada vez mais longas e eles falavam cada vez mais. Todos queriam aparecer na televisão e quanto mais inventavam mais apareciam. A ânsia lhes subia pela garganta e se emaranhava na língua e daquelas bocas só saía bílis e mais bílis que eles traziam guardada de anos ou que tinha acabado de nascer, tanto fazia porque o resultado era o mesmo. Disseram ter visto a velha cavar no cemitério para pegar ossos, conversar com os mortos quando não havia mais ninguém na casa. Falavam e falavam e seus fuxicos e suas mentiras eram discutidos nos programas de televisão e viralizavam nas redes sociais e todo mundo acreditava saber tudo sobre nós duas. A maioria pegou asco. Também ódio, um ódio denso que grudava no palato deles e escorria pelas comissuras dos lábios quando falavam sobre a gente diante das câmeras. Alguns tiveram pena e disseram que estávamos doentes e que era preciso chamar o serviço social para que cuidassem da velha e talvez também de mim que parecia um pouco desatinada ou um pouco retardada ou em todo caso não suficientemente normal. Para mim tanto faz que pensem que estou louca ou que sou idiota mas que sintam pena por isso não, isso é que não, que eu não fiz tudo o que fiz para agora qualquer seboso ter dó de mim.

A velha me afastou da janela quando percebeu que eu me consumia ao ver os jornalistas outra vez. Tentei tirá-los da cabeça para que não me dessem nos nervos mas sabia que continuariam ali racarracarracarraca no meu cérebro inclusive nos momentos em que eu não pensasse naquilo e depois tudo apareceria outra vez durante a noite quando eu estivesse na cama que antes havia sido da minha mãe e antes da minha avó e antes não sei. Ouvi o choro do menino, contei à velha, um pouco para mudar de assunto e outro pouco por vontade de falar porque as semanas na preventiva tinham me embrutecido por quase não falar. A casa está inquieta desde que você voltou, respondeu ela, e deu por encerrado o assunto porque nunca sentia vontade de falar a não ser que fosse preciso dizer algo. Como viu que eu não estava de acordo virou para mim antes de sair do aposento. Você já sabe que há duas maneiras de acalmá-lo, disse, rezar aos santos ou dar o que ele quer.

Desceu pesadamente a escada e fiquei de novo sozinha com o guarda-roupa. Estava ansioso e faminto, eu podia notar. Sentia sua fome como de cachorro preso, como de cavalo encabrestado. Quando passei perto para seguir a velha, a madeira rangeu. Queria me provocar, aquele astucioso, mas esses truques eu já conhecia.

Na cozinha a velha tinha acendido o lume para lhe pedir algo. Alimentava o fogo com mato seco e ramos de pinheiro e papéis velhos. Tudo em pedacinhos pequenos para que o fogo não ficasse ganancioso. Olhava-o e lhe sussurrava coisas. As rezas caíam dos dentes sem que eu chegasse a ouvi-las mas sabia que ela pedia a santa Bárbara decapitada pelo pai no alto de uma montanha a santa Cecília banhada em água fervendo a santa Maria Goretti assassinada quando tentavam violá-la a todas as santinhas mortas pelas mãos de homens enfurecidos.

Quando saiu do transe, a velha me entregou uma estampa. Dê isto ao jornalista daí de fora, disse, e cantou ao fogo para que este adormecesse enquanto ela separava as brasas. Era uma imagem do arcanjo são Gabriel com a armadura dourada e as asas abertas. Em uma das mãos ele trazia uma espada e em outra uma balança e isso me agradava porque eu supunha que significava que não existe justiça sem morte nem morte sem penitência. O que não me agradava é que também fosse bonito e não um louva-a-deus uma traça um gafanhoto porque isso significava que aquele pintor tampouco tinha visto um anjo. Todos os pintores de estampas são uns farsantes e tanta mentira já me cansa.

Não quero que me filmem, reclamei, mas a velha me ignorou como ignora todas as minhas queixas. Atravessei o corredor e abri a porta da frente. A casa estremeceu não sei se de prazer ou de repulsa mas não importa porque aqui há pouca diferença nisso. Não reconheci o jornalista, todos parecem iguais. A mesma barba, o mesmo corte de cabelo, o mesmo tom de voz tanto de quem me acusa quanto de quem não para de me acusar. Todos me consomem do mesmo jeito.

Atravessei o pátio e abri a grade. Um presente da parte da minha avó, declarei, e lhe passei a estampa. O idiota ficou me olhando sem saber o que fazer, acho que eles tinham ficado com medo de nós depois de tantas histórias que ouviram, mas eu achava isso bom porque é sempre melhor que em vez de pena tenham medo de você. Seu colega era mais esperto, ligou a câmera quando abri o portão. Alguns instantes depois o pasmado também reagiu, pegou a estampa e segurou o portão para que eu não pudesse fechá-lo. Forcei com o portão enquanto ele falava, mas não ouvi o que dizia porque eu só pensava que se conseguisse fazê-lo mover a mão um pouco mais para a direita poderia esmagar seus dedos ao fechar. Ele deve ter percebido porque quando o fitei nos olhos afastou a mão como se de repente o portão queimasse.

Quando entrei de novo na casa ouvi a velha na copa. Pelo som, devia estar mexendo nas panelas da matança de porcos. Estavam meio corroídas por falta de uso mas resistimos a vendê-las ao sucateiro porque quem sabe quando se pode precisar de uma panela na qual cabe um corpinho meio de lado? Além disso ali se escondem da velha os defuntos que vêm perdidos e tremendo e ela tem pena de tirar deles as panelas e não terem onde se meter. Chegam à casa depois de andar pelo monte cobertos de barro e de sujeira e de sangue cheios de tremores e medo porque vai saber o que viram e quanto precisaram cavucar naquelas valas e ela tem pena de que não tenham nem uma panela para se esconder até que a angústia passe.

Saí para o pátio dos fundos e fui dar comida aos gatos. No verão eles não passavam muito tempo em casa, preferiam subir na figueira da horta ou descer pelo barranco buscando a fresca, mas vinham todos os dias se assegurar de que estávamos bem e encher a pança, havíamos dito que deixassem em paz os passarinhos e as lagartixas porque a ração já lhes bastava e não ia faltar. Alguns quando me viram começaram a miar como loucos e outros se aproximaram para que eu lhes coçasse a cabeça. Enchi as tigelas e ficamos brincando até o anoitecer, porque de todo modo nesta casa não há muito o que fazer além de cozinhar a raiva dentro das tripas e isso eu já tenho resolvido.

Na cozinha a velha havia posto a mesa. Sobre o encerado havia três pratos, três copos e três pedaços de pão. Botei um prato para sua mãe porque ela parece intranquila, disse a velha. Da minha mãe eu não me lembro. Minha avó me mostrou fotos centenas de vezes, ela as tira da caixa de biscoitos onde ficam guardadas sempre que sente um nó na garganta ou pesar ou rancor, que nesta casa são o mesmo. Ela me mostra mas eu não sinto carinho nem apreço nem nada porque tenho quase o dobro da idade dessa adolescente das fotos e não sinto que essa menina possa ser minha mãe. Rancor sim, eu sinto um pouco mas é porque minha avó me transmitiu e porque me dá raiva que levem uma adolescente assim sem roupa sem dinheiro sem ela querer ir embora e tudo o que se sabe é que entrou num carro e ninguém mais viu.

Quando acabamos lavei os pratos, apaguei as velas das santas porque nunca se deve deixar nada perigoso ao alcance de um santo e subi até o quarto. A velha já dormia com aqueles seus roncos de cachorro cansado. Minha roupa estava espalhada pelo chão, recolhi tudo menos a que vi saindo de debaixo da cama porque se uma pessoa cai uma vez numa cilada não é culpa sua mas se cai quatro ou cinco vezes sim, e me custou aprender isso mas agora já sei. Adormeci logo e só despertei quando ouvi batidas na porta principal. Amanhecera fazia um tempo mas era cedo para que viesse alguém. Levantei e desci a escada. A velha estava no umbral, com o cabelo solto como fazia quando queria assustar as pessoas.

O homem entrou quando ela se afastou para o lado, mas só avançou uns passos. Me viu ao pé da escada e desviou o olhar. De onde eu estava podia notar seu medo mas não tinha pena dele porque não era só medo o que ele tinha ali dentro, era também soberba e desprezo. Àquela hora ainda não fazia muito calor mas o suor encharcava a testa e as axilas dele. Seus lábios estavam ressecados e roxos como se ele estivesse doente mas não estava, eu sabia que não estava, que a única coisa que sentia era uma mistura de vergonha, repulsa e medo que atravessava sua garganta sempre que nos via.

O que você quer?, perguntou a velha com todo o desprezo que conseguiu juntar na língua. Ele baixou o olhar e falou como se pedisse perdão embora eu soubesse que se a velha o apertasse mais um pouco o que ia sair era soberba. Emilia me mandou para ver se você já tem aquilo do garoto, que será examinado neste sábado, disse o homem. Eu não sabia se vinha já que os jornalistas estão aqui mas no povoado falaram que esta noite eles derraparam numa curva a caminho do hotel e que o carro foi para o desmanche, continuou com as palavras amontoadas na boca meio aos borbotões. Emilia me disse que já falou com você e que era só vir buscar.

Eu me aproximei e notei que ele estremecia um pouco de medo e outro pouco de repulsa embora tentasse disfarçar. E por que minha avó iria ajudar você?, perguntei com a cara muito perto da dele. É para o garoto, respondeu, e enxugou na calça o suor das mãos. Não contei nada aos jornalistas, continuou. Muitos vieram com invenções e boatos mas Emilia e eu dizíamos que não era verdade. Vinham todos os dias, perguntavam coisas de quando você era menina e de quando sua mãe desapareceu e alguns inventavam o que fosse para sair na televisão mas eu dizia que não era verdade.

Para seu filho não tenho nada mas para você sim, cortou a velha, que já se cansara de tanta bobagem e tanta mentira. Nos deixou sozinhos na entrada e foi à cozinha. O homem ergueu a vista e me fitou nos olhos, a soberba já lhe subia mas se notava que ele ainda não queria exibi-la. O cheiro de suor de suas axilas se misturava à atmosfera densa da casa. A velha voltou e estendeu uma foto. Esta noite deixaram uma mensagem para você, disse. Quer que eu lhe diga que está à sua espera. O homem pegou a foto e a olhou, confuso. Nela aparecia minha mãe junto a outros jovens do povoado. Ele também estava, os anos lhe haviam acrescentado uma papada mas não haviam tirado a cara de idiota. Não sei do que você está falando, disse com o orgulho que lhe restava enquanto devolvia a foto. Sabe sim, respondeu minha avó, e os restos de soberba do homem desapareceram e tudo o que lhe restou foi um tremor nas mãos como de carregador transportando Cristo. Virou-se para sair mas se chocou comigo e sua cara ficou vermelha e depois branca e a gola da camisa empapou de suor.

A porta da rua se fechou com uma batida para impedi-lo de sair. Uma lufada de ar quente e espesso nos envolveu. Na cozinha os copos e os pratos começaram a se chocar dentro do guarda-louças. No andar de cima se ouviram sons de móveis sendo arrastados e de gavetas abrindo e fechando. A casa inteira estava tão enraivecida quanto nós duas, dava para perceber isso em cada lajota e em cada tijolo. O homem ficou paralisado junto à porta, suando e tremendo mas sem poder se mover. Seus lábios tiritavam como se ele sentisse frio mas àquela hora o sol já batia sem compaixão e da rua entrava um ar que mais do que ar era fogo.

A velha pôs a mão no meu braço e senti no corpo tudo o que eu tinha passado nos últimos meses. A detenção o interrogatório as lágrimas da mãe as coletivas de imprensa o menino o menino o menino. Eu disse deixei a porta aberta e o menino saiu sozinho disse me esqueci de fechar depois de tirar o lixo disse vinha trabalhando havia mais de doze horas disse foi só um instante de descuido mas quando me dei conta ele tinha sumido. Senti tudo outra vez. As câmeras de segurança que haviam gravado o menino saindo sozinho os debatedores que diziam que dois desaparecimentos na mesma família não podiam ser coincidência os vizinhos que falavam que eu era um pouco retardada um pouco burra ou ao menos um pouco preguiçosa porque não tinha estudado não tinha trabalhado até que os Jarabo me contrataram para fazer um favor à minha avó que os servira até se casar.

Agora também meu corpo sente tudo outra vez. Não sei se vou poder continuar porque entra em mim a angústia mas eu tento pois já estou acabando. A velha me disse você já sabe o que tem de fazer e eu fiz. Peguei pelo braço o homem que continuava paralisado como se estivesse vendo um fantasma e talvez fosse verdade que o visse ou talvez visse algo pior porque há muitas coisas piores do que os mortos que aparecem. No andar de cima os golpes eram cada vez mais fortes mas pararam assim que botei o pé na escada. Puxei o homem para cima e entramos no quarto. A barra da colcha se moveu de leve quando o salto de uma bota desapareceu embaixo dela. A porta do guarda-roupa estava aberta. De dentro saía um ar frio e úmido como névoa de barranco ou vapor de cisterna. O homem começou a caminhar até a porta do móvel atraído por um murmúrio que eu não ouvia mas sabia que estava ali porque podia senti-lo como a gente sente as trevas ou as tormentas, como canto de cigarra mas no fundo dos ossos. Quando ele submergiu nas sombras eu fechei a porta.

2

Depois daquilo a casa ficou bem tranquilinha por um tempo. Acabaram-se as batidas de porta e os rangidos e o arrastar de móveis. Até voltaram a crescer as brenhas e o mato no pátio dos fundos, o sarçal alcançava as janelas do quarto. Os mortinhos também se calaram, pararam de murmurar embaixo da cama e de soluçar no guarda-louças. Não os vi durante alguns dias, até que um sacou a mão de debaixo da colcha. Quase me agarrou o tornozelo mas eu pisei nela bem forte, com todo o salto do sapato. Ou você faz isso pra eles aprenderem ou a qualquer descuido perdem o respeito e você acaba tendo que arrastá-los por toda a casa pendurados na saia.

Em minha neta eu também deveria ter dado um bom pisão mais de uma vez. Ou uma boa bofetada. Deveria ter arrancado o que ela tem dentro antes que aquilo lançasse raízes e se agarrasse às suas tripas. Os santos do céu e as almas do purgatório bem sabem que eu tentei. Subi descalça até a ermida da Virgem e rezei novenas, mas nem ela quis me atender. Agora é tarde, percebi no dia em que minha neta começou a trabalhar para os Jarabo. Os santinhos tinham me dito mas eu não quis ver. Ela arranjou esse emprego sem me dizer nada e então me dei conta. Aquilo tinha crescido nela tal como em minha mãe, tal como em mim. Fiz o que pude, mas as coisas que uma pessoa tem dentro não são arrancadas com facilidade. Nesta casa sabemos disso muito bem.

Quando a prenderam, contou à polícia as mesmas mentiras

que contou a vocês. Toda essa história de que o menino saiu sozinho pra rua e ninguém o viu mais. Não acreditem em nada do que ela acaba de dizer. Faz aquela carinha de inocente e os idiotas acreditam no que conta. Escutem bem o que digo, eu sei o que ela tem dentro, já disse a vocês. Sei o que as pessoas têm dentro. Eu vejo, e o que eu não vejo os santos me contam quando me levam. Sei quando elas mentem, quando desejam o que não devem, quando têm inveja e ciúme até dos filhos e dos irmãos. Vejo as sombras que as pessoas trazem dentro de si mesmas.

Também vejo as sombras aqui. Vejo quando se arrastam pela escada e pelos corredores, rastejam pelo teto, espreitam de trás das portas. A casa está cheiinha delas. Algumas nós vimos chegar do povoado e do monte, mas outras estão aqui desde que a casa foi construída. Se misturaram à argamassa dos tijolos e à cal das paredes. Estão nos alicerces e nas telhas, nos pisos e nas vigas. Mantiveram a casa a salvo durante três anos de guerra e quarenta de pós-guerra, quando tudo se transformou em fome e poeira e era impossível distinguir os mortos dos vivos. Por aqui os que venceram não vieram com sua peste, deixaram minha mãe sossegada. Mas tudo tem um preço que sempre é preciso pagar. É outra das coisas que sabemos bem nesta família. Mais cedo ou mais tarde tudo se paga.

Aqui ficamos a salvo dos *paseos** e das batidas na porta durante a madrugada, mas esta casa não é um refúgio, é uma armadilha. Ninguém jamais sai daqui e os que se vão acabam sempre voltando. Esta casa é uma maldição, meu pai nos amaldiçoou com ela e nos condenou a viver entre suas paredes.

---

* Termo usado durante a Guerra Civil Espanhola para se referir a episódios de violência política nos quais, a pretexto de dar um "passeio", pessoas sem acusação formal eram retiradas de suas casas, fuziladas e enterradas, sem identificação, em valas comuns. (N. T.)

E aqui estamos desde então e aqui continuaremos até apodrecermos e muito depois disso.

Quando meu pai comprou o terreno, não havia nada. Saiu barato porque ninguém queria viver distante do povoado, num descampado que não servia nem pra lavoura, a única coisa que se podia extrair daqui eram sarças e pedras. Não existia nenhuma casa nos arredores. Só as escavações feitas no monte, nas quais viviam os que não tinham outro lugar, desgraçados que enterravam filhos todos os anos. Dizia-se que morriam de febres mas sabe-se lá do que era mesmo, porque ali o único que ia era o padre pra dar a extrema-unção e só se lhe pagassem, mas médico não ia nenhum. Volta e meia morria também uma família inteira de uma vez, a montanha caía em cima deles enquanto dormiam. Às vezes era por causa das chuvas que se infiltravam e desmanchavam a terra. Outras vezes eram eles mesmos que cavavam onde não deviam. Tentavam abrir espaço pra outro enxergão, pra um bebê recém-parido, e metiam a picareta onde não tinham que meter. Escutava-se o estrondo em todo o povoado, mas quando os vizinhos chegavam já era tarde. O monte os engolira. Na maioria das vezes não tentavam tirar os corpos. Era perigoso, e de todo modo nenhum primo nem nenhum irmão iria pagar seis ou sete enterros. Quando uma perna ou um braço surgia dos escombros, os vizinhos jogavam terra em cima e rezavam um pai-nosso pedindo que os mortos fossem pro céu. Mas não iam. Ninguém voltava a passar diante dos buracos desmoronados porque todos sabiam que eles continuavam ali.

Que a Virgem me perdoe mas eu às vezes penso que Deus não existe porque se existisse como não iria levar pro céu esses desgraçados, que não fizeram nada na vida além de passar fome e se arrebentar trabalhando pros outros? Os santos e os anjos esses eu sei que existem porque os vi com estes olhos, e à

Virgem eu tenho devoção porque atendeu todas as minhas promessas menos a da minha neta, que eu já vi que era impossível de atender. Mas também como é que vai existir um Deus que mande essa gente pro inferno se o inferno é o que eles viviam naquelas escavações, descadeirados e sem nada pra botar na boca? Por isso era melhor deixá-los aqui e não levar nem pra um lugar nem pra outro, porque inferno eles já tinham tido bastante mas pro céu é que não iam porque o céu está cheio de bispo e de gente fina que pode pagar missas e enterros, e o que iriam fazer lá esses miseráveis? O fato é que ficavam agarrados nos escombros e um tempo depois algum vinha pra esta casa e se escondia no guarda-louças e ali continuam desde então, eu não tenho estômago pra expulsar nenhum.

Meu pai nunca se aproximava dos buracos feitos no monte, nem quando o estrondo do desabamento acordava o povoado inteiro e os homens acudiam pra contar os corpos que brotavam da terra. Aquelas pessoas lhe davam repulsa até mortas. Tinha medo de pegar os percevejos e os piolhos, e a pobreza, que também pega. Ele as desprezava com todo o ódio que cabia em suas tripas, e dentro do meu pai cabia muito ódio.

Muito tempo depois, quando as escavações não existiam mais porque todos tinham se mudado pra capital, pra viver em outros casebres mas embaixo do céu em vez de embaixo da terra, eu soube que ele tinha crescido num deles. Por isso muitas mães odeiam seus filhos em segredo e por isso aqui nesta casa temos nos envenenado tanto umas às outras, porque odiamos o que nos faz lembrar de nós mesmas. Para ele aqueles infelizes recordavam sua mãe, com as mãos cheias de frieiras por lavar no rio a roupa de outras pessoas; seu pai, que se dessangrou com uma hemorragia nas tripas por comer grão-de-bico cru que tinha roubado num campo quando não aguentava mais a fome. Quando saiu daquele buraco graças a um grupo de tosquiadores que o admitiu como aprendiz, meu pai disse a si mesmo que não ia voltar nunca mais. E não voltou, nem pro enterro da mãe, dois anos depois. Ele sempre foi fiel aos seus ódios.

Percorreu toda a península com o grupo. Começavam a temporada na Andaluzia e acabavam na França. Não era uma vida ruim pra quem saiu de um buraco no monte, com sorte os rapazes iam ganhando a diária onde podiam e, sem ela, desciam ao rio pra caçar ratazanas. Mas meu pai não gostava daquilo. Não estava disposto a feder a estábulo e a tirar carrapatos do corpo. Era melhor do que sua casa, mas não era suficiente. Ele queria camisas limpas, sapatos lustrosos, calças passadas a ferro com o vinco no meio. Não era idiota, sabia de sobra que nunca seria um filhinho de papai, mas também sabia que não queria trabalhar pra outras pessoas. Não queria tosquiar seus rebanhos nem lavrar suas terras, não queria tratar de senhor os filhos de ninguém nem levantar as presas nas caçadas que faziam. Também odiava os patrões, embora de outra maneira. Não porque recordassem o que ele era, mas porque o levavam a pensar no que nunca seria.

Em algum daqueles currais cheios de ovelhas, meu pai tomou uma decisão. Pensou em fazer tudo o que fazem os homens que odeiam aquilo que são: usar os que estão abaixo deles. Em toda a sua vida havia pensado que não tinha nada, mas percebeu que não era verdade. Ele tinha poder. É verdade que era um poder pequeno e escorregadio, uma espécie de lesma que deslizava por entre os dedos se você se descuidasse e deixava uma baba densa que manchava tudo, mas podia ser suficiente pra conseguir o que ele queria.

A primeira foi Adela. Não lhe custou muito, bastaram um vestido barato e um frasco de colônia trazidos de Cuenca. Meu pai não era bonito, mas indo de um curral a outro havia aprendido algumas coisas. As palavras que convinha utilizar, o que convinha fazer. Também não era difícil, Adela era só uma menina tonta que nunca ganhara nada bonito. Eu também fui idiota assim, mas tive a sorte de não topar com um homem como meu pai.

Adela acreditou em tudo o que meu pai dizia. Que a levaria pra passear de braços dados, que a tiraria pra dançar nas festas, que lhe compraria amêndoas confeitadas e balas de chupar. Que falaria com o pai dela pra fazer as coisas como Deus manda, que ficariam noivos, que se casariam na ermida, que lhe daria filhos e o mais velho teria o nome dele. Sem dúvida ela até o achava bonito, não lhe importavam o nariz torto nem os lábios finos que ninguém sabia de onde ele havia puxado porque em sua família todos tinham boa aparência, eram altos e atraentes, e isso apesar da fome e dos apertos que haviam passado. Meu pai só precisou de três meses. Quando viu Adela na armadilha, trancou-a à chave.

Com Felisa foi mais difícil. Ela já não era menina, sabia que os homens mentem e exageram pra conseguir o que querem, que não convém acreditar nem na terça parte do que dizem porque o resto é só tapeação. Os presentes baratos e as palavras bonitas não funcionavam com Felisa. Não confiava no meu pai, não acreditava em todos aqueles galanteios que lhe fazia. Os anos tinham passado por ela e não importava o que meu pai dissesse sabia que quando ele a olhava via os peitos caídos, as rugas embaixo dos olhos e as pelancas. Por que iria se interessar por ela um homem dez anos mais novo a não ser que quisesse algo? Todos queriam algo sempre, ainda mais se a mulher era velha e já não tinha carnes firmes. Mas Felisa estava sozinha. Não tinha família por aqui e havia perdido o marido também por causa daquelas febres das quais todos os pobres morriam. Havia criado sozinha um menino que nasceu tarde e fracote e que chorava o dia inteiro e a noite inteira, às vezes de fome, às vezes de frio e às vezes de uma solidão monstruosa que se arrastava pela casa como uma galinha parcialmente degolada. Felisa não acreditou em meu pai mas quis acreditar, e essas duas coisas acabam se parecendo muito. Quando se deu conta, sua armadilha também estava trancada com chave.

Depois houve outras. María, que fugiu de casa depois de uma surra do pai que a deixou manca. Joaquina, cansada do senhorzinho que a acuava na cozinha pra lhe passar a mão. Juana, levada pela própria mãe porque em sua casa havia bocas demais. Não sei se meu pai amou alguma delas ou se também as odiava, em seu caso não fazia muita diferença. Ele manteve Adela e Felisa por um tempo num galpão fora do povoado. Instalou um enxergão e uma bacia e ia alternando as duas. Esperava do lado de fora pra que ninguém ficasse mais tempo do que havia pagado nem estropiasse a mercadoria com uma surra. O dinheiro era sempre adiantado, ele cobrava antes de os homens entrarem e depois acertava as contas com Adela e Felisa, as quais sempre saíam perdendo mas não reclamavam, em parte por medo e em parte por amor, que muitas vezes também são o mesmo.

Passado algum tempo meu pai arrendou a antiga casa do moleiro e ampliou o negócio. Havia cada vez mais clientes e ele não podia deixá-los esperando porque nessa espera muitos se arrependiam e voltavam pra esposa, e outros se embebedavam, ficavam violentos e era preciso afastá-los a pancadas. De todo modo, ele nunca teve mais de quatro moças ao mesmo tempo. O negócio daria pra mais, só que meu pai sabia que os ricos detestam a ambição dos pobres e sem o consentimento dos senhores ele nunca poderia ter se estabelecido. Bastaria um olhar, uma cara feia, um comentário feito à pessoa adequada pra que a polícia fechasse a casa e detivesse o proprietário, ou pra que lhe dessem uma surra e o deixassem meio morto ali mesmo, o que também não fazia muita diferença. Era melhor mantê-los contentes e não chamar atenção, não usar roupas mais caras do que as deles nem ter a carteira mais recheada. Cada um devia saber o seu lugar. Meu pai sabia que o dinheiro gosta da ordem, prefere os sorrisos servis aos olhares desafiadores. Acho que se casou com minha mãe por isso, pra manter a ordem e as aparências.

O que eu não sei é por que ela aceitou. Talvez tenha se apaixonado e acreditado que ele ia mudar quando se casasse, antigamente nós mulheres éramos idiotas a esse ponto. Talvez tenha visto uma oportunidade pra não acabar sendo empregada doméstica em Madri, onde a patroa iria rir do seu sotaque quando convidasse as amigas pra tomar um café, e o patrão teria pena dela por ser caipira e simplória e lhe diria ainda bem que demos a você a oportunidade de vir pra capital. O que está claro é que minha mãe sabia qual era a atividade do meu pai porque no povoado isso não era nenhum segredo. Talvez se iludisse pensando que ele ajudava aquelas infelizes, evitava que as roubassem ou as matassem de pancada. Talvez não lhe importasse que ele tirasse dinheiro das moças, que as fizesse acreditar que as amava e que algum dia se casaria com elas. Pode ser que o que lhe agradava em meu pai fosse precisamente que a única promessa que ele cumpriu na vida foi a que fez a ela, que com ela fosse verdade o vou me casar com você que dizia a todas. Minha mãe não era a melhor donzela, tinha uma testa grande demais e os olhos muito juntos, mas meu pai a escolheu e talvez o que lhe agradou tenha sido isso, se sentir melhor do que as outras. De todo modo, não importa a razão, ela se arrependeu em seguida.

A casa foi o presente de casamento que meu pai deu à minha mãe. A construção era imponente pra um povoado como este, onde alguns passavam o inverno se retorcendo entre espasmos e soltando espuma pela boca por terem apenas mingau de chícharo pra comer. Mas não imponente a ponto de os patrões acharem que meu pai podia ser uma ameaça, porque ele sempre soube calibrar isso muito bem. Por dentro também era bonita. Meu pai encomendou portas entalhadas à mão, lençóis bordados, móveis trazidos da capital. Ele sempre teve bom gosto ou pelo menos soube escolher as coisas que fazem os outros acreditarem nisso.

Minha mãe adorou a casa. Nunca tinha vivido num lugar como este, os pisos brilhavam e as paredes reluziam quando o sol batia de manhã. O ar entrava pelas janelas e as persianas protegiam do calor no verão e do frio no inverno. A cozinha era ampla e luminosa e diante da porta da frente meu pai tinha plantado uma parreira pra fazer sombra. Mas o que mais agradou minha mãe foi que a casa tinha luz elétrica e ela nunca havia visto algo assim a não ser espiando pelas vidraças das Adolfinas e dos Jarabo. Era só uma lâmpada com um fio comprido que a pessoa levava de um aposento a outro, nada como as luminárias dos Jarabo que reluziam como a coroa dos santos ou os lustres de cristal que pendiam dos tetos das Adolfinas, mas muito melhor do que os candeeiros de sebo que só davam uma luz meio desmaiada, como que morta de fome.

Mas quando os dois se mudaram depois do casamento, minha mãe logo compreendeu que aquilo não passava de um embuste. Também havia sido vítima de uma mentira. Fosse qual fosse a razão pela qual tinha se casado, fosse por soberba, por amor ou por fome, ela não passava de uma idiota enganada pelo meu pai como todas as outras. Certo, ele havia cumprido sua promessa, mas logo ela se deu conta de que meu pai era muito pior quando mantinha a palavra do que quando não o fazia.

Na verdade a casa era cheia de sombras. Estavam em cada tijolo, embaixo de cada lajota, em meio à cal das paredes, misturadas na argamassa. Apareciam sempre que minha mãe abria o armário da cozinha, sempre que descerrava as cortinas do quarto. Surgiam da escuridão da cisterna, rastejavam embaixo da mesa, se arrastavam pelos corredores. Minha mãe as ouvia respirar ao lado da cama, espreitar de trás de cada porta. Ai, são Bento, me afaste da casa este mal e eu lhe faço uma novena de joelhos, ela rezava ao santo, afaste este mal e por você eu subo descalça até a ermida. Mas em vez de ir embora as sombras cresciam. Tampouco foram levadas por são Cipriano, que protege dos feitiços, nem por são Aleixo, que defende dos inimigos e das invejas, ainda que minha mãe lhes pedisse toda noite. Leve esses demônios, meu são Cipriano, dizia quando notava o alento de uma delas na beira da cama, mas as sombras em vez de ir embora aumentavam.

Em seguida começaram as surras. Minha mãe nunca me falou disso mas eu soube por Carmen, que ouviu no povoado. Antes não se comentava em voz alta apesar de todo mundo saber. Se você tivesse sorte, seus irmãos e seu pai espancavam o sujeito pra ele não pesar muito a mão, como fizeram com o marido de Antonia, que da surra que lhe deram no oliveiral ficou idiota pelo resto da vida. Se não tivesse, eram os homens da sua família que acabavam de te desgraçar pra evitar que fizesse escândalo. Minha mãe não tinha outros irmãos além de dois ranhentos mirrados a quem dava bolachas e pão às escondidas pra que não morressem de fome e um pai a quem não contou nada por vergonha e por orgulho, mas que também não teria feito nada porque pra ele a filha tinha morrido no dia em que se casou com um cafetão e bem merecia ser tratada daquele jeito.

Se minha mãe pensava que era melhor do que as outras, meu pai baixou sua soberba a tapas. Com ela era tudo igual, as mesmas surras e o mesmo medo. Aquelas mulheres ele deixava trancadas numa casa, e minha mãe em outra. Não a presenteara com aquela casa, ele a condenara a viver ali. A casa havia sido construída sobre o corpo daquelas mulheres e se mantinha sobre o de minha mãe. Sobre sua dor e seu medo. Não era um presente, era uma maldição.

O que meu pai não sabia era que ia ficar preso no cárcere que estava construindo. Minha mãe, quando percebeu que nunca ia poder sair daquela casa, parou de pedir aos santos e começou a conversar com as sombras. Sempre que as ouvia murmurar embaixo da cama ou as percebia espreitando de trás da porta, lhes cantava canções como se fossem criancinhas. *Duérmete, vida mía, duerme sin pena, que a los pies de la cuna tu madre vela. Duérmete niño de cuna, duérmete niño de amor, que a los pies tienes la luna y a la cabecera el sol.** E as sombras se acalmavam e ficavam quietas e devem ter tomado afeição pela minha mãe e ódio pelo meu pai porque a casa inteira destilava rancor quando ele atravessava o umbral. Dava pra sentir na umidade das paredes, nos estalidos dos degraus, nos rangidos das portas. Pela primeira vez na vida meu pai começou a ter medo. Descartou o machado de cortar lenha, o atiçador, as facas da cozinha. Ficava fora cada vez mais tempo, às vezes passava semanas sem dormir ali.

Mas então estourou a guerra. Meu pai sabia que não era feito para o front, uma coisa é espancar uma infeliz e outra acabar estripado num buraco qualquer como um porco de matança. Quando o convocaram, mandou que minha mãe o escondesse. Nessa noite os dois ergueram um tabique no

---

* Versos de duas canções de ninar tradicionais espanholas. "Dorme, minha vida, dorme sossegado, que aos pés do berço tua mãe vigia" e "Dorme, neném do berço, dorme neném de amor, que aos pés tens a Lua e à cabeceira, o Sol". (N. T.)

quarto do andar de cima, atrás do guarda-roupa. Um habitáculo sem portas, de três metros quadrados no máximo, com uma pequena abertura rente ao solo que podia ser facilmente escondida pelo móvel. Meu pai entrou ali e minha mãe rebocou e caiou a parede com esmero, como são feitas as tarefas importantes.

Durante as primeiras semanas, minha mãe passava comida através do vão e trocava o balde de água com o qual ele primeiro se asseava e onde depois fazia as necessidades. Meu pai estava certo de que a guerra não ia durar muito, de que em poucas semanas o golpe ia acabar com o governo ou o governo com o golpe, pra ele tanto fazia porque putas e cafetões sempre existiram e sempre vão existir, não há negócio mais seguro. Mas a rádio começou a dizer outra coisa. Madri não caía, mas o governo também não conseguia manter o controle do país. Meu pai batia na parede, xingava minha mãe, enlouquecia de raiva enjaulado ali. No povoado já não restavam homens, afora os velhos e os inválidos. O marido de Paca havia metido o pé no fogo pra não ir ao front, mas foi levado mesmo assim. O irmão o denunciou como traidor e covarde e vieram atrás dele. Ninguém sabia aonde o levaram pra arcar com sua vergonha de frouxo e medroso, mas o fato é que ele nunca mais voltou. Minha mãe contava essas coisas ao meu pai através da parede, mas ele não lhe dava atenção. Queria sair dali do jeito que fosse, iria para a França caminhando, se fosse necessário ficaria escondido na serra. Se não me trouxer a marreta, vou moer você de pancada, sussurrava do outro lado, e minha mãe dormia no banco da sala de jantar pra não escutá-lo rarrarrarra a noite inteira com a colher nos rejuntes dos tijolos. Vou desgraçar você, sua filha da puta, nem mesmo seu pai vai reconhecê-la, e batia contra a parede o balde cheio de merda.

Gritava e amaldiçoava cada vez mais alto e minha mãe começou a ter medo de que algum vizinho o escutasse. Havia olhos em toda parte, ouvidos em toda parte, até naquele ermo onde a casa tinha sido construída, longe do povoado. Então as sombras sussurraram algo à minha mãe. Meteram na cabeça dela uma daquelas ideias. Na mesma noite, quando meu pai adormeceu, minha mãe fechou com tijolos e argamassa o vão que restava. Após alguns dias já não se ouviam os gritos. Ele se tornou mais uma sombra do lugar.

Minha mãe me pariu cinco meses depois. Nasci aqui, no mesmo quarto onde as paredes engoliram meu pai. Quando se recuperou do parto, ela vendeu tudo o que havia na casa. Os móveis de madeiras caras, o faqueiro polido, as toalhas de mesa bordadas. Só conservou o guarda-roupa, os sussurros que saíam de dentro dele a faziam se sentir acompanhada. Não arrecadou muito, a guerra avançava e todo mundo tentava vender o que tivesse, mas conseguiu alguma coisa, sobretudo com os panos de renda que vendeu às Adolfinas, as quais àquela altura já intuíam que a guerra seria vencida por elas e pelas pessoas da classe delas. Distribuiu uma parte do dinheiro entre as mulheres que haviam trabalhado pro meu pai, e com a outra comprou uma máquina de costura. Ele não tinha nos deixado nada, minha mãe procurou por todo canto mas não encontrou nem mesmo uma reles moedinha esquecida num bolso. Nunca soube se ele guardava dinheiro em outro lugar ou se gastava tudo em camisas caras e favores ainda mais caros. Com aquele canalha tanto podia ser uma coisa quanto a outra.

O que meu pai nos deixou foi orgulho demais pra ter patrão. Minha mãe não se dispunha a prestar serviços domésticos nem queria passar o dia lavrando os campos de outras pessoas. Não sabia fazer nada afora cozinhar e limpar, mas podia aprender. Desmanchou a roupa do meu pai e estudou os cortes e os modelos. Aprendeu a dar pontos invisíveis, a cortar o tecido para que se ajustasse ao corpo, a costurá-lo para que realçasse as qualidades de quem o usava e escondesse os defeitos. Depois fez o mesmo com seus vestidos e suas saias. Em quatro meses tinha se transformado numa modista competente, e começou a aceitar encomendas.

Quando a guerra acabou, minha mãe passou a usar luto. Ninguém perguntou pelo meu pai, cada um tinha o suficiente com as próprias desgraças. Quem não era desgraçado por uma coisa era por outra. Aquele a quem não vinham informar que o filho tinha morrido na prisão vinham convidar para um *paseo*. A Virgem do Monte sabe, porque viu tudo. Por ali jogaram vários, pelo barranco da ermida. Ai, virgenzinha, como quicavam contra as rochas. Eu tinha só quatro ou cinco anos mas nunca vou me esquecer.

Minha mãe nunca tirou o luto e nunca se casou de novo. Só admitiu aliviar um pouco de vez em quando: uma saia com florezinhas brancas sobre fundo preto, uma blusa de um azul-escuro quase impossível de distinguir. Não lhe faltaram homens, mais de um percorreu o caminho do povoado até aqui pra vir falar com ela no portão, só que ela os enxotava perguntando aos gritos se não tinham vergonha de rondar uma viúva que trajava luto. Nenhum atravessou o umbral. Ela teve apenas um homem, mas foi o suficiente. Quando você está sozinha e é pobre não pode se permitir aprender a mesma lição duas vezes, isso também sabemos direitinho nesta casa.

Desde aquela noite em que assentou os tijolos e a argamassa, minha mãe soube que as sombras tinham entrado nela. Já não as ouvia apenas atrás das cortinas ou do outro lado das portas, mas também dentro do peito, no fundo das tripas. Quando aproximava o ouvido do meu ventre, também as escutava dentro de mim. Percebeu que aquilo cresceria dentro de nós, que se enredaria em nossas entranhas e não poderíamos arrancar. Tudo tem um preço e aquele era o que minha mãe devia pagar.

Muito tempo depois, quando minha filha nasceu, atentei pra cada um de seus gestos. Eu a espiava por trás das portas enquanto ela brincava com suas bonecas e a vigiava enquanto dormia, seguia seus passos quando saía. Tomei conta dela dia e noite durante anos, atenta aos sons que saíam de dentro dela ou escapavam pelos seus ouvidos. Grudava a cabeça em seu peito, a orelha em sua fronte. Buscava o mesmo que ouvia dentro da minha cabeça, o mesmo murmúrio de cigarras ou de orações, o mesmo arranhar de unhas ou de cupins. Mas nunca escutei nada. Acabei me convencendo de que aquilo entrara em mim porque eu estava na barriga da minha mãe quando entrou nela, mas que comigo havia terminado. Ai, virgenzinha, que idiota eu era.

Durante muito tempo não voltei a pensar nisso, nem mesmo quando minha filha desapareceu. Eu sabia quais eram os culpados, quem devia pagar pelo que havia feito. Desta vez era eu que precisava cobrar a dívida, eu que não tinha feito outra coisa além de pagar as que não eram minhas. Mas quando minha neta começou a trabalhar na casa dos Jarabo percebi que havia enganado a mim mesma durante todos esses anos. Aquilo nunca tinha ido embora. Ela também o trazia dentro de si, todas o trazemos desde que nascemos, aquilo se agarra em nós como erva daninha e não solta mais.

Minha neta mentiu à polícia e ao juiz e mentiu a vocês. A mim ela não pode enganar nem quanto a isso nem quanto a nada, quanto a isso porque eu vi tudo, e quanto ao resto porque conheço esse caruncho que ela tem, essa comichão no peito como de cavalo prestes a empinar mas que não acaba, não acaba, e no final não se desenfreia. Me escutem porque eu lhes contarei o que ela silenciar, vocês não vieram até aqui pra ouvir embustes, não me importa o que ela ache. O menino não saiu sozinho da casa, não se perdeu por uma desorientação. Minha neta abriu a porta pra ele.

3

Um mês antes de tudo acontecer começou a me doer um molar, um de cima, no fundo da boca. No começo era coisa simples, uma espetada de alfinete, uma picada de lacrainha. Tentei ver no espelho. Meti os dedos, afastei das gengivas as bochechas e iluminei com a lanterna do celular, mas era muito lá no fundo. Eu via carne rosada, fileiras de dentes firmes, grumos de saliva, mas não conseguia ver o molar. Logo depois ele parava de doer e eu esquecia e seguia com minha vida que também era coisa simples que também era uma espetada de alfinete ou uma picada de lacrainha.

Após alguns dias, a dor tinha deixado de vir apenas em certos momentos e se agarrara à minha mandíbula como um daqueles carrapatos gordos e amarelos que a gente precisa arrancar dos gatos puxando com força mas com calma. Seus filamentos atravessavam o meu palato e subiam pelas minhas órbitas. Quando passava a língua em cima do molar eu não notava nada, nem o sabor amargo do pus nem a carne inchada pela inflamação nem os buracos das cáries. Metia os dedos até o fundo da boca, apalpava a gengiva procurando um inchaço ou um abscesso, tateava o molar com as pontas dos dedos procurando encontrar o fio cortante do esmalte quebrado, mas não percebia nenhuma mudança, nada que explicasse aquela dor tão monstruosa.

A velha me espiava sempre que eu fechava os olhos e gemia e me apoiava na parede ou na quina da porta sem conseguir me firmar. Me espiava em silêncio, atenta a cada gesto de sofrimento que aparecia em meu rosto. Eu notava os olhos dela cravados em mim inclusive com a porta fechada, enquanto eu metia os dedos na boca para tentar ver algo no espelho do banheiro. Às vezes chegava tão no fundo que sentia a carne mole do princípio da garganta e me subiam náusea e engulhos. Eu os aguentava como podia mas a cada engulho contido escutava a velha se aproximando da porta ainda mais. Ouvia o roçar da sua cabeça contra a madeira e notava que ela encostava no verniz a orelha molenga e enrugada, aquela orelha de carne frouxa que tanto nojo me dá com aquele lóbulo flácido que eu não suporto ver porque algum dia os meus também vão ser assim.

A dor continuou a aumentar, eu sentia a cabeça como se estivesse cheia de cacos de vidro ou de tesouras. Telefonei para a casa dos Jarabo e avisei à patroa que estava doente e não poderia ir cuidar do menino e ela disse não se preocupe disse melhoras mas pelo tom eu sabia que ela estava calculando quanto ia me descontar. Não tínhamos dinheiro para eu poder ir ao dentista, que aqui não existe porque neste povoado não existe nada além de casas meio desmoronadas e gente meio desmoronada mas sim no outro povoado aqui perto onde as coisas desmoronam mais devagar e você ainda pode conseguir que lhe extraiam um molar. Comprei os calmantes mais fortes que me deram sem receita na farmácia e no dia seguinte já havia dobrado a dose que a bula recomendava. Não tirava por completo a dor mas eu me importava menos e tudo se afastava de mim flutuando, inclusive os olhares da velha inclusive as orelhas da velha.

Quando saía um tempinho da leseira dos calmantes, me levantava da cama e vagava de um aposento a outro. A casa tinha se enchido de névoa. Às vezes era tão densa que eu mal podia distinguir as coisas à minha frente e trombava com elas e por um tempinho a dor descia do molar e ia para o pé ou o joelho ou o quadril e dali a pouco aparecia uma mancha roxa muito escura e outras vezes era uma neblina que se abria quando eu passava e nesses dias eu via as sombras me olhando das quinas das portas e do alto da escada. Nunca havia visto tantas e nunca voltei a ver mas a velha diz que sim, que depois da guerra foi ainda pior. Nisso eu acredito mas em muitas outras coisas não, ela me chama de mentirosa mas bem que esconde o que lhe convém.

A velha começou a me seguir pela casa toda. Caminhava atrás de mim pelos corredores sempre que eu me levantava da cama e me via tropeçar nos móveis procurar as paredes com as mãos descer tateando a escada à espera de que eu caísse a qualquer momento. Me observava dia e noite, até enquanto eu dormia. Eu notava sua presença junto à cabeceira numa vigília que nunca tinha descanso, numa espreita como de cobra ou de centopeia escondida entre os penhascos.

Uma noite despertei de repente. Tinha tomado as mesmas pílulas que nos dias anteriores mas uma pontada de dor me arrancou do sono. Assim que abri os olhos eu a vi, depois notei seus dedos frios e ossudos dentro da minha boca. A velha estava debruçada sobre mim me apalpando as gengivas a língua o esmalte dos dentes. Escavava meu interior com as duas mãos com todos os dedos com sanha de carniceira. Quando viu meus olhos abertos retirou os dedos, limpou a saliva na camisola, caminhou em silêncio até a cama e se deitou. Eu quis me levantar para agarrá-la pelos cabelos para arrastá-la da cama e gritar o que você fez comigo velha de merda mas a tontura me impediu. Os efeitos dos calmantes haviam voltado e tudo era de novo leseira e eu mal conseguia me mexer ou manter os olhos abertos. Tentei continuar desperta porque não queria que a velha se aproximasse de novo para me escavar mas não consegui.

Acordei muitas horas depois, com a tarde já avançada. Sentia os lençóis grudados ao corpo e o cabelo embaraçado e gordurento cobrindo o rosto. Eu tinha me acostumado tanto à dor que já não fazia diferença tê-la ou não, de modo que demorei alguns minutos para perceber que ela havia desaparecido. Não sentia nada, nem sequer um incômodo. Saí da cama e abri a porta do quarto. A náusea invadiu meu corpo e tive a sensação de que ia vomitar a qualquer momento mas não tinha nada para vomitar porque eu estava havia dias sem conseguir engolir o ensopado da velha por causa de uma cisma e uma repugnância que me tomaram de repente e que eram piores do que a inapetência que eu já sentia. No corredor a névoa havia desaparecido, só restavam o rancor e o ressentimento de sempre grudados às paredes e aos pisos como cascas de ferida como crostas.

Procurei a velha pela casa toda. Na cozinha a panela estava no fogo, só que ela não aparecia. Também não a vi em nenhum de seus esconderijos, a arca estava vazia e a despensa cheia de conservas que a velha devia ter feito durante minha leseira. Embaixo da cama não olhei porque ali eu não perturbo, mas nesse lugar ela tampouco estava porque os sapatos que apareciam tinham os bicos corroídos e os saltos gastos. Abri a porta da frente e saí para o pátio. A luz do sol me fez fechar os olhos. Eu tinha perdido a conta dos dias em que não pisava lá fora. Afastei do rosto o cabelo desgrenhado e me sentei no poial. Eu fedia a suor e a enfermidade e tinha voltado a emagrecer, dava para notar meus ossos por todo o corpo.

Estava apalpando minhas costelas quando ouvi alguma coisa. A uns metros da grade do pátio, no caminho de terra que ia até a casa, havia uma garota. Vestia jeans de cós alto e uma camiseta branca de manga curta, o cabelo escuro e liso chegava quase até a cintura. Parecia adolescente, não devia ter mais de dezessete ou dezoito anos. Eu estava longe demais para distinguir seu rosto mas sua figura me lembrava algo, como se eu já a tivesse visto antes. Neste povoado de merda todos nos conhecemos mas não era isso, não era daqui ou pelo menos não era de agora.

Parecia desorientada. Tinha parado no meio do caminho, como se não recordasse para onde estava indo. Virou-se e avançou uns passos, mas se deteve outra vez. Olhou ao redor, incapaz de se decidir. Dava a impressão de estar perdida como se buscasse algo que não era capaz de encontrar ou como se nem sequer soubesse o que estava buscando. Me aproximei da grade para gritar e perguntar se precisava de alguma coisa se eu podia ajudá-la se ela queria pelo menos um copo d'água porque o sol àquela hora não deixava nada sem abrasar sem queimar sem arruinar mas não cheguei a fazer isso porque ela começou a se afastar da casa. Pouco depois desapareceu atrás de uma ladeira.

Me virei para entrar. Precisava tomar banho e tirar de cima de mim todo o suor todo o sebo toda a sujeira. Então percebi que a velha tinha pendurado uma estampa na parreira. São Se-bastião atado à coluna com o corpo e a cabeça atravessados por flechas, belo como hortênsia ou como vulcão. A face dila-cerada de dor, a carne rasgada de feridas, o torso desabado de tormento, o trapo que mal lhe cobria o sexo, o olhar suplicante pedindo aos céus uma misericórdia um alívio quem sabe se uma vingança que ele não ia ter.

Ai, menina, você já está melhor, disse a velha atrás de mim abrindo o portão da grade. Carregava uma sacola cheia de acelgas e tinha as unhas negras de barro mas os sapatos reluzentes como se recém-engraxados. Olhou para a estampa e em seguida para mim e disse o santinho lhe tirou a dor. Pois é, respondi só para falar algo porque eu permito à velha essas coisas mas não acredito nelas. Sebastião tira as enfermidades e as pestes, disse a velha, e a raiva me veio ao corpo. Que peste vai chegar de fora pior do que a que está dentro de mim, cuspi, e ela me encarou daquele jeito que tanto medo provoca nas pessoas do povoado como se olhasse você por dentro e que antes também me amedrontava mas agora não, desde que aconteceu o que aconteceu, não mais.

Quando saí do chuveiro, a velha havia enchido duas tigelas de ensopado. Remexi aquilo com a colher e percebi que tinha grão-de-bico no fundo. Sentia tanta fome que a cisma que eu sentira uns dias antes passou e não consegui parar de comer. Terminei a tigela e a enchi de novo. Na terceira comecei a sentir náuseas porque o estômago estava vazio demais para aquela saturação de ensopado mas ainda assim continuei a comer. Foi então que notei algo na boca, uma espécie de osso duro e liso que se chocara contra meus dentes. Cuspi na tigela a comida meio mastigada e meti os dedos entre os grãos-de--bico desmanchados para pegá-lo. Era um molar inteiro, com a coroa e a raiz intactas, sem vestígio de cáries nem rupturas. Apalpei a gengiva com a língua até chegar ao fundo da boca. No lugar que estivera doendo por todos aqueles dias agora só havia um buraco.

Sua mãe dizia que esta casa faz caírem os dentes da gente, disse a velha, e se levantou para deixar o prato na pia. Já sei disso, você me falou muitas vezes, respondi sem olhar para ela porque não queria que o rancor me subisse à boca. Mas você nunca acreditou, respondeu, e desta vez a olhei. A velha não é a única que sabe ver as pessoas por dentro. Descobri isso na casa dos Jarabo, eu olhava para eles e via a raiva e a frustração e a inveja acumuladas em seu sangue. Via até no menino, por menor que fosse.

Minha mãe gostava de viver aqui?, perguntei à velha, e ela respondeu que sim como se encerrasse a conversa mas eu também posso ver a mentira, é como uma mancha amarela no fundo dos olhos. Já lhe disse que queria ir embora?, continuei a perguntar, e então notei que o ódio também lhe estava vindo ao corpo. Sua mãe não foi embora, ela foi levada. Eu sei, mas era jovem, talvez quisesse estudar viver em outro lugar sair deste povoado de merda se afastar desta casa, de você, soltei como quem traz um rancor atravessado na garganta durante anos e por fim o libera. Pensei que a velha ia se jogar em cima de mim que ia me agarrar pelos cabelos para me cravar as unhas mas não fez isso. O impulso eu vi mas também vi o desânimo e o abatimento. Ela recolheu da mesa o pão e os guardanapos e guardou tudo na cestinha. Você ainda não entendeu, disse, de costas. O quê, perguntei, pensando que agora sim agora viriam os arranhões e as sacudidas e as pancadas porque não se pode atiçar a velha sem esperar que reaja. Mas não fez nada disso, tudo o que havia nela era desalento e um pouco de raiva, só um pouquinho, o suficiente para dizer você não entendeu que desta casa ninguém vai embora.

Nessa noite eu mal dormi, não conseguia parar de passar a língua pelo buraco que o molar deixou. A carne da gengiva estava mole, ainda não tinha cicatrizado. Toquei com os dedos todos os dentes um por um para comprovar se balançavam se quando eu despertasse todos teriam caído e eu precisaria cuspi-los no banheiro. Quantos dentes teriam caído da minha mãe para ela dizer aquilo, quantos molares ela teria encontrado no ensopado no travesseiro na pia?

Na manhã seguinte o ruído do portão da frente me despertou. Pensei que a velha havia saído de casa cedo mas quando me soergui constatei que ela ainda estava na cama. Levantei e fui olhar pela janela. Quase ninguém vem a esta casa e menos ainda a essas horas porque essas horas são as do arrependimento ou as da esperança mas não as da angústia, a essas horas você se atormenta pela noite anterior ou se ilude pela manhã que segue mas o dia ainda não se agarrou ao seu peito, para isso ainda falta um pouco, não muito mas um pouco. Eles só vêm a esta casa quando já tentaram tudo, quando já foram capturados pelo dia e pela semana e até pelos anos e só lhes resta que a velha os recomende aos santos ou aos mortos, a diferença tanto faz. Acreditam que escutam a velha mas não sabem que na verdade falam com ela.

No pátio estava a garota que eu tinha visto na tarde anterior. Usava a mesma roupa e parecia igualmente perdida. Dava as costas para a casa, como se não tivesse certeza de haver chegado ao lugar correto ou hesitasse em sair dali. De novo me veio às tripas a impressão de que a conhecia de algo mas não sabia de quê. Sentia que estava prestes a recordar, que de um momento para outro iria me lembrar de onde a tinha visto mas não conseguia.

Saí do quarto em silêncio e desci a escada. Abri a porta da rua, afastei a cortina e fui lá para fora. O pátio estava vazio. Eu tinha demorado só uns segundos para descer, mas a garota não estava em lugar nenhum. Tampouco podia ser vista no caminho, a pista de terra estava tão deserta quanto sempre. Era impossível que ela tivesse chegado à ladeira em tão pouco tempo, nem que fosse correndo. Devia estar escondida em algum canto. Abri o portão e dei uma olhada ao redor. Não tem onde se esconder neste descampado, aqui só há pedras e cardos e sarças e uma terra queimada pelo sol que já deu tudo o que devia dar e se esgotou.

Voltei sobre meus passos e entrei no pátio outra vez. Quando ergui a vista para puxar a cortina emperrada no varão percebi a velha na janela do quarto, me olhando fixo. Me perguntei se ela teria visto a garota, se também teria a comichão de conhecê-la e não saber de onde, de estar prestes a dizer seu nome e de que este lhe fugia por alguma dobra ou algum cantinho.

Entrei na casa e fechei a porta. A atmosfera havia ficado densa e pesada, a temperatura parecia ter subido vários graus de repente. A madeira do teto começou a estalar e a casa se encheu de um ruído como de fiação elétrica como de cabos de bonde como de trilhos prestes a receber um trem. No andar de cima se ouviam móveis arrastando dobradiças rangendo passos apressados que corriam de um lado a outro e depois se detinham e depois tornavam a correr.

Me aproximei da escada para subir e procurar a velha mas quando botei o pé no primeiro degrau tudo se deteve. A casa ficou de repente em silêncio como se esperasse algo como se algo estivesse prestes a acontecer. Então ouvi batidas na porta. Dois golpes seguidos com os nós dos dedos. Voltei até a entrada e girei a maçaneta. Ali, de pé no umbral, segurando a cortina e com um olhar perdido, estava a adolescente. Vi seu rosto pela primeira vez e descobri por que me era familiar. Tinha visto suas fotografias centenas de vezes. Era minha mãe.

4

Eu já disse a vocês, desta casa ninguém vai embora. Estamos presas aqui, nós e as sombras. Minha mãe dizia isso. Estamos presas aqui até que nos levem, me dizia. Até que quem nos leve? Quem quer que saia pelas casas espantando os mortos para que se vão com os santos.

Minha neta não queria acreditar. Pensava que poderia partir quando fosse maior de idade, que iria estudar em Madri e não voltaria. Mas acabou ficando. Aonde poderia ir? Quem iria pagar seus estudos na capital? Isso apenas os patrões podem fazer. Ela andou tentando ver se lhe davam alguma ajuda mas logo desistiu. Aqui pra lhe darem algo você já precisa ter desde antes e depois eles lhe tiram. Se você não tem nada é isso que lhe dão, nada. Não querem pessoas como nós na capital pra estudar, no máximo pra servir, mas disso eles também já têm muito. Não é mais como na sua época, dizia minha neta, mas quem precisou se desiludir foi ela. Nós gastamos o dia inteiro procurando alguma coisa pra jogar na panela enquanto eles ficam só se exibindo, e sempre foi assim. Acabou que ela não foi embora porque aqui pelo menos não iam lhe faltar nem o teto nem a comida. Família é isso, um lugar onde lhe dão teto e comida em troca de você ficar presa com um punhado de vivos e outro de mortos. Todas as famílias têm seus mortos embaixo das camas, só que nós vemos os nossos, dizia minha mãe.

Mas eu também vejo muitas outras coisas que minha mãe não via. Quando tinha seis anos a santa apareceu para mim pela primeira vez. Minha mãe tinha ido cobrar uns pagamentos na casa das Adolfinas, que eram rápidas em mandar mas lentas em pagar, como todos os patrões miseráveis que aparentam mais do que têm. Nenhuma das três irmãs se casara porque se você casasse com uma era como casar com as três e se elas eram insuportáveis em separado juntas eram um castigo que nenhum homem ia querer. De modo que as três foram permanecendo solteiras baile após baile e se algum homem se interessava por uma as outras duas se encarregavam de espantá-lo. Passavam o dia gastando o que lhes deixara o pai, d. Adolfo, que enriquecera em Cuba negociando escravos. Mandou as filhas e a mulher pra cá quando houve a guerra de lá e elas trouxeram a fortuna e a mania dos escravos, nem mesmo os Jarabo tratavam os empregados assim, aos tapas. O dinheiro foi acabando e as criadas contavam por todo o povoado que as irmãs cerziam às escondidas os buracos feitos pelas traças em suas roupas, embora continuassem vivendo como abastadas. Até mandaram construir uma piscina com vestiário e tudo, na época ninguém tinha visto por aqui uma coisa assim. Minha mãe recebia encomendas de jogos de mesa bordados e lençóis de linho mas depois precisava insistir durante meses para que pagassem, e com esse fim tinha ido lá quando a santa me veio. Eu tinha sido deixada em casa pra cardar lá. Aquilo me dava muito nojo porque ainda menina eu já não suportava aquele odor de pelo morto, mas pra minha mãe não importava porque o nojo é algo que nós pobres não podemos nos permitir, como a compaixão.

Era tarde e o quarto estava ficando às escuras, mas de repente se iluminou com a claridade mais intensa que eu já tinha visto. Era uma luz branca, fria como a de uma sala de cirurgia ou um aeroporto, mas naquela época ninguém neste povoado de desgraçados tinha visto nem uma coisa nem outra. Quando o filho do padeiro despencou com a carroça pelo barranco foi levado pra casa e ali mesmo o abriram, em cima da mesa da cozinha, com as filhas assistindo. Uma delas ficou meio abobada por causa da repugnância, não voltou a falar mais de três palavras seguidas, mas eu acho que ela já era assim antes e isso só a fez piorar. A verdadeira desgraça, comentava minha mãe, era a da padeira, que ficou com uma filha tonta e um marido que depois daquilo não servia pra mais nada a não ser pra se cagar todo mas que também não morria. Digo a você que se fosse comigo era melhor ele ter morrido, dizia minha mãe entre dentes, e depois me obrigava a fazer o sinal da cruz pra casa não começar a ranger e estalar por todos os lados.

O fato é que me lembro de ter fechado os olhos por um momento ofuscada pela luz. Quando os abri de novo, havia uma mulher de pé na minha frente. Vestia uma túnica negra que a cobria do pescoço até os pés e seu cabelo estava recolhido em um coque baixo, com a risca no meio. Tinha as mãos entrelaçadas sobre o peito e a vista dirigida pro alto, como se rezasse. Fiquei pasmada olhando pra ela e perdi a conta do tempo que passei assim. Só saí do pasmo quando minha mãe me sacudiu com força pelos ombros e a santa se desvaneceu. Minha mãe tinha voltado e me encontrou caída no chão com o olhar perdido no teto. Se você ficar idiota eu a entrego às freiras, disse minha mãe, estou chamando desde que entrei e você nem me olhava. Saiba que a paciência da padeira eu não tenho.

As freiras haviam levado várias meninas do povoado desde a guerra. Algumas eram dadas pelas próprias famílias porque não tinham o que comer. Outras eram levadas a pedido do vigário porque os pais estavam na cadeia ou no cemitério, o que no caso não fazia muita diferença. Os tios ou os vizinhos se cansavam de sustentá-las e pediam que o vigário resolvesse o assunto. Não voltamos a ver nenhuma delas. Minha mãe dizia que eram vendidas aos ricos, as bonitas pra serem filhas e as feias pra serem empregadas.

Depois daquilo eu vi a santa muitas vezes. Ela sempre aparece na mesma postura, como nas estampas. Com o olhar para o alto e a expressão séria como se escutasse ordens de Deus e estivesse disposta a fazer qualquer coisa por ele, o que fosse, inclusive perseguir meninas e perturbá-las. Pra mim ela nunca olha nem fala diretamente, mas eu escuto sua voz dentro do peito e sei que tenho que fazer o que ela me disser. Como é que você vai discutir com um santo, como é que não vai obedecer a tudo o que ele mandar?

Quando contei à minha mãe ela mandou que eu não falasse sobre isso com mais ninguém. Que aquilo devia ficar entre as paredes da casa, como os uivos do meu pai. Nunca me perguntou o que a santa me dizia, mas ficava me olhando sempre que eu voltava do lugar para onde era levada. Eu via a inveja em seu rosto, ela sentia ciúme porque a santa tinha me escolhido, ciúme de que para ela só aparecessem aquelas sombras cheias de desespero. Queria que uma santa falasse com ela dentro do peito, vê-la rodeada de luz e formosa como um milagre. O que eu havia feito pra merecer aquilo se nem sequer precisara matar um homem?

À medida que fui crescendo, a inveja da minha mãe aumentou. A santa não me levava com muita frequência, mas quando vinha me contava coisas que iam acontecer e coisas que já haviam acontecido mas não eram ditas em voz alta. Foi assim que eu soube que o moleiro estava numa vala junto do muro do cemitério, que o filho do prefeito ia morrer de um coice de cavalo e que eu veria a mais nova das Adolfinas se afogar e não faria nada. Minha mãe suportava cada vez menos minhas visões e me invejava mais. O ressentimento a tornou cruel e mesquinha, ou talvez ela sempre tivesse sido assim e aquilo só revelou. Me obrigava a usar seus vestidos velhos e cortava o meu cabelo como se me tosquiasse, mais curto num lado do que no outro e todo repicado. Também me fez sair da escola. A professora disse que eu era boa aluna e podia estudar em Cuenca, onde as freiras tinham convento e minha mãe poderia pedir desconto por ser viúva, mas minha mãe se negou. Nunca pedi e não vou começar agora, disse.

Quando voltamos pra casa depois da conversa com a professora, ela me fez tomar banho na tina e me mandou ir pedir trabalho na casa dos Jarabo, que estavam procurando empregada porque uma das de lá ia se casar. Você sempre disse que não íamos servir aos patrões, que qualquer coisa menos servir, respondi. Quando souber fazer outra coisa você procura outro emprego, retrucou minha mãe, porque eu não vou ficar sustentando ninguém. Aquele era o meu castigo. Servir a quem minha mãe não tinha querido servir e baixar a cabeça pra quem meu pai não tinha querido baixar. Arcar com a obediência de toda a família.

Servi naquela casa por nove anos, dos dez aos dezenove. O casal tratava Carmen e a mim com correção, mas de vez em quando nos deixavam ver o ódio que escondiam por trás da indiferença. Como quando a patroa cortava em tiras os agasalhos que não queria mais para que não pudéssemos aproveitar o pano, ou como quando o patrão nos obrigava a recolher uma a uma todas as pedras da estrada de terra da propriedade para não furarem os pneus do carro. Era um ódio antigo que traziam por dentro, tão fundo que nem precisavam se esforçar para mostrá-lo. Não nos odiavam com raiva, mas com desdém.

Em contraposição nós tínhamos muita raiva sim. Aquilo nos corria pelo sangue como uma febre. Não sei se Carmen passou isso pra mim ou eu pra ela, às vezes acho que foi ela porque estava ali havia mais tempo e era mais velha, às vezes penso que fui eu porque já vinha com a malquerença da minha casa. Fosse como fosse, nós alimentávamos o ódio uma da outra. Ela me contava que as roupas trazidas pelo alfaiate valiam duas vezes nosso salário, e eu que a patroa tinha esvaziado na pia dois frascos inteiros de perfume porque só gostava dos que eram feitos em Paris. Mas quem nós mais odiávamos era o filho mais velho. Estudava direito em Madri, onde fazia contatos com quem era preciso fazer, com os que falavam de modernizar a Espanha e quando diziam Espanha a boca deles se enchia de sangue. Vinha todos os verões porque gostava do monte e da caçada. Nós o víamos aparecer na porta com perdizes mortas penduradas no cinto e em Carmen e em mim o ódio crescia nas entranhas como brotoeja. Após alguns anos ele morreu num acidente de carro e os pais o enterraram no jazigo da família, que é o maior de todo o cemitério. O filho mais novo ainda era menino mas já se notava o quanto era malcriado e impertinente.

Às vezes a patroa nos fazia cozinhar as perdizes que o mais velho caçava. Tínhamos que depenar aqueles animais com as mãos e morríamos de dó e de nojo. Mas também de rir depois, quando os víamos raspar com pão o molho no qual tínhamos cuspido. Carmen soltava uns escarros enormes que ficavam flutuando no óleo e precisávamos dissolver com a colher. A carne de caça é incomparável, dizia a patroa, e Carmen e eu contínhamos como podíamos as gargalhadas atrás da porta da cozinha.

Acho que foi aí que Carmen e eu nos tornamos amigas, à base de cusparadas. Ela tinha sido criada com pobreza mas com carinho e isso se notava em seu caráter. Não trazia dentro de si o cupim que minha mãe e eu trazíamos, aquela comichão de desgraçadas que nem dá descanso nem deixa que você o dê aos outros. Seu pai tinha aprendido a tocar bandurra de ouvido, de tanto experimentar, e alegrava as romarias e os bailes e quem quer que virasse a noite em sua casa. A mãe era mais calada, mas sabia muitas coplas. Se você insistisse, ela acabava recitando-as, primeiro em voz baixa e com as faces coradas, e em seguida já sem hesitações e sem timidez. Carmen se criara entre bailes e eu entre maldições, como isso não ia deixar marcas? Eu já quase nem via minha mãe. Quando chegava em casa depois de recolher o jantar dos patrões ela já estava dormindo e de manhã mal trocávamos umas palavras. Ela estava me fazendo pagar o castigo de toda a família mas a inveja continuava a comê-la por dentro. Então percebi que ela não ia me perdoar nunca. Ficava possessa só de pensar que a santa falava comigo e não com ela. Também não suportava constatar que eu sabia muitas coisas antes que acontecessem. Que não me surpreendi quando o prefeito enterrou o filho com o fígado arrebentado nem com o fato de encontrarem afogada na piscina a mais nova das Adolfinas pouco depois de eu ter voltado da casa dela, aonde havia ido para cumprir uma ordem dos patrões.

O ressentimento da minha mãe piorou quando eu conheci Pedro. Um dia ele apareceu à porta dos Jarabo, encharcado de suor e com manchas de fuligem na camisa. Um depósito que o patrão tinha em Gascueña se incendiara com tudo o que havia dentro, inclusive uma parte da uva recém-colhida. Pedro se sentou na cadeira da cozinha pra esperar o patrão, que devia estar chegando. Deixei a bilha ao seu lado e saí para o pátio. A mula em que ele viera ofegava, esbaforida. Pedro devia tê-la chicoteado com vontade pra vir mais depressa. Levei-a para a sombra e deixei junto um balde de água fresca da cisterna. Não se preocupe que esse animal aguenta tudo, me disse ele lá da porta. Você não devia tê-la forçado tanto, o que importa chegar antes ou depois se o depósito já está queimado? Ele se aproximou da mula e lhe acariciou o lombo. Por mim tudo o que eles têm pode pegar fogo, disse, mas eu sou o capataz, e se ele souber por outro que hoje perdeu um milhão vai me desgraçar pra sempre e eu não arranjo mais trabalho na vida.

Depois daquele dia Pedro voltou em muitos outros. No começo procurava desculpas pra resolver na casa do patrão os assuntos que sempre haviam resolvido na adega, mas logo começou a vir me ver sem maiores explicações. Entrava pela porta da cozinha e se sentava pra me ver descascando ervilha ou fazendo bolo. Carmen sorria e nos deixava sozinhos, até que um dia me agarrou pelo braço e disse que Pedro tinha noiva, que haviam lhe contado que ele ia se casar com uma moça de Gascueña e que já estava tudo acertado. Eu sabia. A santa tinha me falado, assim como tinha me falado que com essa moça ele não ia se casar. Que Pedro ia se casar era comigo.

Ele vinha me ver todos os domingos à tarde, quando a patroa nos dava folga depois de arrumarmos a cozinha e deixarmos o jantar pronto. Combinávamos de nos encontrar na beira do caminho, íamos para o monte e voltávamos com a roupa manchada de terra e de suor. No povoado começaram a falar como sempre fazem, não iam ficar calados aqueles desgraçados. Carmem me contou que eu tinha sido vista descendo da serra com o cabelo desgrenhado e as bochechas acesas, que sabiam que eu voltava pra minha casa pelo monte e não pelo caminho principal já tarde da noite. O que se podia esperar da filha de um cafetão? De uma moça que havia mamado a sem-vergonhice desde pequena, por mais que a mãe agora bancasse a viúva respeitável, anos enlutada como se sua casa fosse um lugar decente?

Uma tarde levei Pedro a um charco entre os penhascos e tirei a roupa dele. Nunca o tinha visto nu, só adivinhado partes de seu corpo enquanto lhe subia a camisa e lhe descia a calça.

Gostei do torso forte e dos ombros largos, e ele da minha ânsia e minha fome. Me deitei no chão e o deixei agir, Pedro se agradava de ter meu corpo pra si. Eu já sabia o que ia acontecer, vi no teto da cozinha. Naquela tarde fiquei grávida.

Pedro não queria se casar comigo, mas nunca falou isso. Assumiu sua responsabilidade sem queixas nem culpas e de cabeça erguida, como fazia tudo. Carregou suas tralhas na mula e veio morar na casa com minha mãe e comigo. Eu parei de trabalhar para os Jarabo antes que a gravidez ficasse visível pra evitar o escândalo de uma criada deles ter emprenhado. Pedro continuava sendo o capataz e precisava estar bem com os patrões. Nos casamos de noite e sem convidados. Não houve convite, não havia nada a comemorar na desonra. Minha mãe costurou meu vestido, preto pelo luto e largo pela vergonha.

5

A velha tem razão, nunca acreditei que estava presa nesta casa por mais que ela me dissesse. Eu achava que algum dia poderia sair, que iria embora deste povoado de merda como todos haviam feito. Aqui já não restava ninguém da minha idade porque os que podiam tinham ido para Madri e os que não podiam para Cuenca, uns para estudar e outros para trabalhar na Mercadona na Zara onde quer que fosse menos aqui porque aqui só restavam velhos meio mortos. Eu pensava isso mas vi que não, que a velha tinha razão e que nós as mulheres desta família só saímos daqui quando nos levam, eu quando me encarceraram e minha mãe quando sumiram com ela.

Eu tinha parado naquilo de ter visto minha mãe na porta da casa. Não falou comigo nem me olhou, era como se em vez de me ver enxergasse através de mim. Fez menção de entrar e me afastei para o lado. Ela avançou pela penumbra do saguão. Caminhava devagar, como se não quisesse fazer ruído ou não quisesse despertar ninguém. Passou do meu lado e foi até a escada. Quando se virou, uma mecha de seu cabelo comprido e escuro roçou o meu braço e um calafrio como de aviso ou antes como de confirmação percorreu a minha espinha. Eu soube que ela era minha mãe mas também que vinha de um lugar onde isso não importava.

A velha nos olhava do alto da escada. Estava em silêncio, como o resto da casa. Tive a sensação de que ia se lançar contra mim, de que ia se jogar lá de cima como uma aranha gigante, mas não. Limitou-se a me encarar fixamente como sempre fazia, tentando me arrancar as ideias da cabeça para enfiar outras. Às vezes ela conseguia, eu a escutava cracracracra me escavando o cérebro e de repente já pensava outras coisas que não pensava antes. Agora não faz mais isso, desde que tudo aconteceu e que nos entendemos entre nós ela não faz mais.

Minha mãe chegou ao pé da escada e começou a subir os degraus. A velha desviou o olhar de mim e o dirigiu a ela mas seu rosto não deixou ver nenhuma emoção, parecia uma daquelas aranhas enormes e brilhantes que caçam mosquitos junto da lâmpada do pátio e ficam quietas quietas até que saltam em cima deles e os engolem. O regresso de minha mãe não a surpreendera. Talvez ela também a tivesse visto vagar pelo caminho talvez a santa tivesse lhe contado assim como dissera o nome daquele que levara minha mãe ou o lugar exato onde o rastro dela se perdera para sempre naquele mesmo caminho. Talvez a velha já tivesse visto tanta podridão ao longo da vida que nem a própria filha vinda das sombras a surpreendia.

Quando chegou ao final da escada minha mãe passou pela velha e se meteu no quarto. Saí do aturdimento e fui atrás dela com toda a rapidez que consegui. A casa permanecia em silêncio, à espera. A velha tem razão quando diz que é uma cilada, é como uma daquelas armadilhas que os caçadores filhos da mãe espalham pelo monte e se esquecem e elas podem passar anos escondidas no mato esperando o momento de se fechar.

Entrei no quarto e vi minha mãe parada diante do guarda--roupa. A madeira rangeu e o móvel se deslocou uns centímetros para a frente, ávido. Ela entrou no guarda-roupa antes que eu pudesse fazer algo e a porta se fechou com um golpe seco. Abri o móvel mas só encontrei as saias e as blusas da minha avó impregnadas do cheiro de naftalina. Não se preocupe que ela não foi a lugar nenhum, disse a velha atrás de mim.

Eu tinha começado a remexer no guarda-roupa mais por frustração do que por convicção quando escutei outros dois golpes secos no térreo. Alguém batia à porta. Minhas tripas se encolheram dentro do corpo e meu coração começou a pular como cavalo desembestado. Era a mesma forma de bater. Esperei a velha atender, ela tinha descido enquanto eu abria e fechava gavetas como se imaginasse encontrar o rosto da minha mãe me olhando do fundo de uma delas, mas a escutei chamando os gatos no pátio dos fundos, do outro lado da casa, de modo que desci a escada e parei diante da porta. Antes de abrir eu já sabia que era ela.

Repetiu os mesmos movimentos um por um. Atravessou a porta sem me olhar, subiu a escada e depois entrou no quarto, abriu o guarda-roupa e desapareceu lá dentro. Dessa vez não a segui, fiquei ali parada como uma idiota. Do térreo escutei o estalar da madeira o rangido das dobradiças o golpe da porta fechando de novo. Minha mãe nunca havia sido mais do que uma adolescente numa fotografia velha ou uma blasfêmia na boca da minha avó, nem sequer um vazio porque para isso você precisa ter onde cavar mas agora voltava como se nunca tivesse desaparecido ou como se tivesse desaparecido todos os dias e todos os dias tivéssemos tido que sentir a dilaceração por dentro e aí sim foi que comecei a notar o furinho o furinho o furinho.

Voltei a mim quando escutei a velha. Ela havia voltado do pátio e eu a escutava se movendo na cozinha. O silêncio da casa era tamanho que podia ouvi-la arrastando os pés de um lado para outro e xingando entre dentes uma das sombras que vivem no armário e que estendera a mão para arrancar um tufo de cabelo dela. Desgraçada eu a mataria se você já não estivesse morta, dizia, mas não adiantava muito porque com o que você vai ameaçar uma sombra que chegou se arrastando até aqui vinda de sabe lá qual inferno? Pouco depois a velha apareceu no corredor. Passou do meu lado e cruzou a porta da entrada, que eu tinha deixado aberta porque meu corpo estava havia um tempinho sem me obedecer, todo encolhido de puro medo. Puxou um rosário do bolso da saia e o pendurou num ramo da parreira que subia pela fachada da casa.

A raiva me veio porque percebi que a velha devia saber algo, que estava silenciando algo e que vinha fazendo isso durante muitos anos. É para mandá-la embora?, perguntei com todo o veneno que cabia aqui dentro, desejando que me desse uma razão para agora ser eu a saltar em cima dela, a me precipitar sobre ela como um inseto gigante. Você sabe que não tem jeito de expulsá-las, mas assim pelo menos não incomodam, disse a velha, e entrou na casa e fechou a porta. Agarrei-a pelo braço me sentindo com tudo mexido por dentro e com o furinho que já se tornara grotão buraco poço. O que ela faz aqui? Por que veio agora, tanto tempo depois? Não veio agora, retrucou a velha puxando o braço. Soltei-a e a segui até a cozinha com a raiva me subindo e me subindo e já me saindo por entre os dentes. Não veio agora, como assim? A única coisa que me impedia de me lançar sobre a velha para arranhar aquela sua cara de fuinha era que eu precisava que ela me respondesse, me dissesse o que estava silenciando. Está aqui há muito tempo, voltou logo depois que a levaram.

Me sentei à mesa e afastei com um tapa a panela que a velha tinha tirado do fogo para lavar e fazer um novo ensopado. Parte do caldo que restava se derramou sobre o encerado numa poça gordurenta que me provocou engulhos. Por que não a vi até agora?, perguntei à velha com a raiva já transformada em náusea ou em pena ou em algo que eu não sabia o que era mas que já não eram impulsos de arranhá-la. Não sei por que vemos o que vemos, respondeu, nem por que certas vezes as sombras não passam de um arquejo num canto e outras são bestas raivosas, por que certas vezes são apenas um calafrio e em outras se metem pelas nossas tripas. A velha sorveu um bocado da colher de pau e uma gota de caldo deslizou pelos cantos da sua boca deixando um fio oleoso no queixo e ela já não parecia um inseto majestoso mas só uma velha como qualquer outra por quem se devia sentir pena e talvez também um pouco de nojo mas não medo, medo é que não.

Saí da cozinha, subi para o quarto e me joguei na cama. No outro lado do aposento o guarda-roupa parecia tranquilo, havia parado de cambalear e ranger. Eu já não via minha mãe mas a sentia ali, como um alento ou uma exalação que passava várias vezes ao meu lado, atravessava o quarto e desaparecia dentro do móvel. Se prestasse atenção conseguia ouvir os passos subindo a escada o chiado da maçaneta girando e o rangido das dobradiças se abrindo. Fechei os olhos e notei que o ar do quarto ficava mais denso. Senti uma leve inclinação num canto da cama, como se alguém tivesse se sentado nela e a afundasse com seu peso. Abri os olhos e me soergui de repente procurando minha mãe mas tudo o que consegui ver foram uns cabelos negros deslizando para debaixo da cama.

Quando eu era pequena tinham me enganado muitas vezes com esses truques. Me atordoavam com suas canções alegres e eu levantava a colcha e as seguia e voltava algumas horas depois com a pele cheia de arranhões e com rasgos na roupa e o medo metido lá no fundo mas sem saber o que havia acontecido porque não me lembrava de nada. Agora eu já sabia que não era minha mãe quem se sentara na cama e tampouco quem deslizara para debaixo dela. Minha mãe não tinha voltado para cuidar de mim para me proteger enquanto eu dormia para me acariciar o cabelo nos sonhos. Nem mesmo quisera me ter, fora apenas uma adolescente idiota que engravidou de quem não devia e pariu um bebê que não desejava. Aquilo que eu vi não era minha mãe, era o que restava dela após o terror que a fizeram passar quando a levaram.

Quando despertei o quarto estava na penumbra. A velha devia ter baixado as persianas enquanto eu dormia. Eu não sabia quantas horas tinham se passado mas sentia o travesseiro encharcado de suor e o estômago contraído de fome. O ar do quarto continuava denso e pesado como o de um porão ou como o de um aposento que ficou fechado por muito tempo e de repente se abre e as coisas continuam no mesmo lugar mas já não são as coisas e sim a sombra das coisas.

Me levantei e saí para o corredor. No térreo a velha rezava o rosário, ouvi o murmúrio dos mistérios dolorosos da Terça-Feira Santa. Primeiro a traição, em seguida a tortura. Depois a coroação, a cruz e a morte. Maria mãe de graça mãe de misericórdia defende-nos de nossos inimigos. Manda teus anjos sobre eles, abrasa os campos, faz com que a cevada venha sem grão e a videira sem uva, não lhes dê descanso nem depois de mortos. Desci até a cozinha e saí para o pátio dos fundos, não queria estar ali se minha mãe voltasse a bater à porta. Não queria vê-la repetir aqueles movimentos uma e outra vez durante anos como estivera fazendo a velha, que não teve corpo para enterrar mas sim aquela dor aquela tortura passando uma e outra vez diante dos olhos. Não lhes dê descanso virgenzinha minha porque nós não o temos.

Desejei que a casa ocultasse minha mãe de mim como fizera todos esses anos, que aquilo fosse só um reflexo que eu entrevira atrás de uma porta encostada mas que agora a porta se fechasse e não se abrisse de novo porque o que havia dentro não era para mim mas sim para a velha. Podia no máximo me cavucar, aquele buraco não era meu aquele buraco era da velha que era quem sentia a dor a culpa a tristeza a ferida de se despedaçar se despedaçar se despedaçar porque o corpo da filha continuava em algum sarçal em algum barranco em alguma vala e quem havia feito aquilo nunca precisou pagar.

Então eu percebi na velha o buraco e entendi melhor a crueldade a mesquinhez o ressentimento a amargura dela. E aquilo deve ter se agarrado em mim por algum lado e começado a crescer porque quando voltei à casa dos Jarabo depois da enfermidade as coisas já não eram as mesmas. O menino se portava do mesmo jeito de sempre a mãe me tratava do mesmo jeito de sempre mas eu já não conseguia aguentá-los, não conseguia. Vinha-me ao corpo um negror que ia crescendo a cada dia que passava. E a velha deve ter percebido porque naquela manhã me disse chegou o momento e eu soube que era verdade, que havia chegado.

Passei o dia todo com o menino, estava lá desde as nove da manhã e já era mais de meia-noite. Nenhum dos pais voltara ainda. A mãe telefonou antes de sair de Madri. Tinha acabado de jantar com as amigas e ia pegar o carro dali a pouco, em uma hora e meia estaria em casa. Parecia meio bêbada, sua voz soava mais aguda. Eu odiava aquela voz, aquelas frases arrastadas de dondoca, aqueles dês forçados no final dos particípios para não falar como nós, provincianos, que dizemos *comío cansao acostao.** Desejei que o carro se espatifasse que derrapasse numa curva que ela levasse pelo menos um susto. O pai também não voltara ainda mas não telefonou, ele nunca fazia isso.

O menino esteve insuportável a tarde inteira. Era uma daquelas crianças mimadas que fazem birra por qualquer coisa, mas tinha sido um dia especialmente difícil. Jogou no chão o prato do almoço, atirou um copo na minha cabeça e destroçou o buquê de rosas que a mãe havia deixado sobre a mesa da

---

* Em vez de "comido", "cansado", "acostado" [deitado]. (N. T.)

sala de jantar. Eu estava farta dele de aguentá-lo do salário de merda de ser tratada pelos pais como sua família sempre havia tratado a minha com aquele desprezo aquela condescendência que os ricos usam para falar com quem trabalha para eles.

Minha vontade era lhe dar um tapa de quebrar a cara daquele malcriado e estúpido trancá-lo no banheiro com a luz apagada até que se calasse ou abrisse a cabeça batendo na pia, mas isso não se diz à polícia. À polícia eu disse é um menino inquieto sempre quer descobrir tudo por conta própria, que é o que dizem os pais nos colégios particulares quando o filho é insuportável e os pais acreditam que isso significa que ele vai revolucionar a informática a robótica mas na verdade quer dizer apenas que não há quem o aguente. Eu disse aos policiais que tinha passado mais de uma hora tentando fazê-lo dormir mas nada havia funcionado. Disse às onze resolvi sair do quarto para tomar um ar. Estávamos os dois frustrados e cansados, de modo que pensei em deixá-lo uns minutos com seus brinquedos e tentar de novo dali a pouco. Desci ao térreo e levei o lixo para fora. Fazia calor, o ambiente estava pesado e seco e não passava vento algum. Quando voltei da lixeira, fui à cozinha beber um copo d'água da geladeira.

Disse foi então que devo ter deixado a porta da rua aberta, mas não me lembro. Fiquei um tempo na cozinha olhando o celular. A mãe do menino tinha me ligado às dez e meia, então ainda devia faltar uma hora para ela chegar em casa. Do pai eu continuava sem saber. Conferi as mensagens, mas ele não tinha escrito. Em todo esse tempo não escutei nenhum ruído na casa, nada fora do normal. Quando terminei a água subi de novo ao quarto para fazer o menino dormir. Ele não estava. Chamei-o várias vezes e procurei no quarto dele e no dos pais. Achei que estava se escondendo, que estava brincando porque continuava sem sono. Procurei por todo canto.

Eu disse desci ao térreo e olhei na sala de jantar e na cozinha, para o caso de ele ter descido enquanto eu procurava lá em cima. Não sei quanto tempo se passou, mas não deve ter sido muito. Achei que fosse uma brincadeira, que ele ia aparecer a qualquer momento, mas não parei de procurá-lo hora nenhuma. Ao passar pelo vestíbulo percebi que a porta da rua estava aberta. Saí e olhei para um lado e para o outro. Por ali passam poucos carros, mas me preocupava que ele estivesse sozinho fora da casa. Comecei a chamá-lo aos gritos. Caminhei vários metros para um lado e para o outro da rua e procurei nos arbustos e nas lixeiras para o caso de ele ter se escondido ali. Fui ficando cada vez mais nervosa. Ele já tinha se escondido outras vezes, mas nunca havia saído da casa. Eu disse foi então que liguei para o serviço de emergência.

Disse tudo isso tranquila, com suas frases curtas e suas vírgulas e seus pontos, tal como havia escrito para mim naquela manhã. Os policiais me fizeram repetir várias vezes com perguntas diferentes e eu respondia sempre o mesmo mas variando alguma palavra algum detalhe para eles não perceberem que eu dizia aquilo de memória, que havia decorado tudo. Devo ter disfarçado bem porque me deixaram ir para casa após algumas horas mas dois dias depois me chamaram de novo para eu ir ao quartel e aí sim meus nervos se crisparam por dentro porque eu já não me lembrava de tudo nem sabia se podia repetir igual. Vi pela cara deles que perceberam algo e dessa vez não me deixaram ir embora. Acho que fizeram isso para me deixar ainda mais nervosa e ver se assim eu dizia alguma coisa porque não tinham nada. Mas fiquei na cela o mais tranquila que pude porque eles não tinham como saber que eu tinha deixado a porta aberta de propósito que havia enganado o menino para ele sair que a velha estava esperando na rua para levá-lo.

6

As mulheres desta família enviúvam depressa. Nossos homens se consomem como os círios das igrejas, pouco tempo depois de nos casarmos tudo o que resta deles é uma mancha circular no lençol que não sai mesmo que você destrua as mãos esfregando. Minha mãe dizia que a casa os seca por dentro até que morrem. Eu sabia disso muito bem, quando tiramos um tijolo pra ver meu pai ele estava ressequido como esparto. Eu devia ter uns oito anos, tinha chegado furiosa em casa porque a caçula de Matilde me dissera que meu pai não havia sido morto na guerra, que ele fora embora com uma de suas rameiras. E o que te importa o que diz essa beata?, retrucou minha mãe, imagine se ela acha que não sabemos quantos foram levados em *paseo* por culpa da sua família de alcaguetes.

Saí da cozinha batendo a porta, raivosa como um cachorro. Minha mãe me seguiu e me agarrou pelo braço. Cravou as unhas em mim e me puxou até a escada. Se você quiser saber onde está seu pai não se preocupe que eu lhe mostro, disse em voz baixa enquanto me arrastava até o andar de cima. Quando chegamos ao quarto ela me soltou e desencostou o guarda-roupa. Recolheu a saia, ajoelhou-se junto à parede e removeu um tijolo solto na quarta fileira contando a partir do piso. Aí está, pode ver, disse.

A casa tinha comido a carne dele mas deixou a pele, que se grudou aos ossos. Ele tinha um aspecto estranho, me lembro como se o visse agora. Estava sentado no chão, com as costas apoiadas na parede. A cabeça caíra prum lado e a boca estava aberta, como se a mandíbula tivesse se deslocado. Parecia gritar de angústia. Não tem olhos, comentei, quando parei de espiar pelo buraco. Aí dentro não precisa deles, disse minha mãe, e me afastou com um puxão.

Minha mãe soltou o tijolo dois anos antes, quando os vencedores pararam de perguntar pelos homens que tinham ido embora de suas casas durante a guerra porque esses mesmos vencedores já haviam matado todos. Nem no monte restava algum, foram caçados como se fossem corços, com o mesmo empenho. Desde então ela olhava meu pai por um tempinho todos os dias, pra se assegurar de que continuava ali. Sorria cada vez que via sua expressão de angústia. Depois colocava de volta o tijolo e o guarda-roupa em seus lugares e fazia o sinal da cruz. Que ele sofra morto o que deveria ter sofrido vivo.

Meu marido também secou por dentro. Consumiu-se na cama um ano depois de nos casarmos. Começou a se apagar e se apagar e em pouco tempo já não conseguia se mover. Suas carnes desapareceram e a pele ficou amarela. Minha mãe e eu mandamos chamar o médico muitas vezes, sempre que as febres o derrubavam, mas o médico nunca soube o que ele tinha. Dava-lhe uma injeção que me cobrava a preço de ouro e ia embora tal como viera, deixando o coitado com espasmos e delírios. Eu sabia que aquilo não ia funcionar, os santos tinham me contado, mas Pedro se portara comigo como um homem e não ia ser eu a deixá-lo morrer como um cão.

Os Jarabo pagaram o enterro. Por apreço ao seu capataz, disseram. Fiquei possessa quando os vi se exibindo no velório, a madame até derramou alguma lágrima. Muitos deram pêsames a eles. Sinto tanto quanto você, diziam, como se essa gente tivesse algum sentimento. Foi então que me tomaram horror. A madame percebeu como eu a olhava. Alguém deve ter contado que na cerimônia eu disse que se seu capataz lhes importasse eles pagariam os remédios e não o enterro. Pra mim tanto fazia, eu falei bem alto pra que me ouvisse quem quisesse ouvir. Que tivessem trazido um médico de Cuenca se Pedro lhes importava tanto. Ou um de Madri, daqueles que eles conheciam dos jantares com o generalíssimo.

A madame começou a me odiar com um ódio que reservava aos que lhe importavam o bastante para que ela se incomodasse. Já não era o desdém de quando eu era sua criada, mas uma ojeriza que ela não escondia e que ia aumentando. Eu preferia seu ódio à sua indiferença porque se vão desprezar você é melhor que tenham motivo, mas a primeira coisa dá muito mais problema do que a segunda. Ela começou a inventar histórias, a insinuar que havíamos feito algo a Pedro, a dizer que ele era um rapaz saudável até chegar à nossa casa. Indispunha-nos com qualquer um que quisesse escutá-la, dizia que sem dúvida havíamos posto algo na comida dele, dava a entender que ele não era o pai da minha filha, me acusava de tê-lo enganado com a gravidez para que não se casasse com a noiva.

Não tinha muito por onde nos pegar agora que não trabalhávamos pra eles, mas com aquela sua boca envenenou tudo o que conseguiu. Muitos deixaram de falar com a gente neste povoado de bajuladores, como se por ser o cão que mais palmadinhas recebe do dono alguém deixasse de ser cão. Claro que não fiquei quieta. Se achavam que eu era capaz de ter matado meu marido, eu ia dar motivo pra pensarem isso.

A primeira coisa que fiz foi me ocupar dela. Pedi a Carmen que me trouxesse um punhadinho de cabelos da patroa, daqueles que ficam no pente. Carmen os guardou no avental quando limpava a penteadeira e veio com eles no dia seguinte. Tomara que você a faça morder aquela língua de víbora que ela tem e se envenenar, disse. Minha mãe e eu pusemos os fios de cabelo dentro de um lenço e atamos tudo com nós bem apertados. Dedicávamos cada nó a um santo. A santa Doroteia que voltou depois de morta com uma cesta de flores e frutas. A são Dionísio que leva a cabeça entre as mãos. A Judas Iscariotes que se enforcou numa figueira. A santa Gemita que como nós via anjos e defuntos. Depois cavamos um buraco na terra do pátio e enterramos a trouxinha ali pra ninguém poder encontrá-la e desfazê-la.

Minha mãe nunca tinha feito um amarrado, mas viu a dela fazendo, numa vez que recebeu um tapa do patrão por derramar um copo quando servia o jantar. No dia seguinte, o cavalo que o patrão montava lhe deu um coice que quase o matou. O animal nunca dera problema, mas naquela manhã teve um mau pensamento. Precisaram costurar o homem por dentro do rasgão que o cavalo lhe fez, e nunca mais ele pôde comer outra coisa que não fossem sopas e mesmo assim se retorcia de dores à noite.

Fizemos o amarrado do jeito como minha mãe se lembrava, com suas rezas e seus nós bem fortes para que não se desmanchasse. No dia seguinte não aconteceu nada, tampouco no outro. Como é que vão encontrá-lo ali enterrado?, perguntei a minha mãe. Saí para o pátio, tirei-o da terra e o deixei dentro do guarda-roupa. Dois dias depois a madame caiu escada abaixo em sua casa e quebrou um tornozelo. Carmen não se aguentava de rir ao me contar o quanto a patroa havia gritado. Mas as sombras ainda acharam pouco. Na semana seguinte foi o filho que despencou durante uma caçada e quebrou os dois pulsos. Os companheiros disseram no bar que ele começara a perseguir pelo meio do mato um ruído de animal grande, um grunhido como o de javali que todos escutaram mas ninguém viu, e acabou caindo entre umas rochas sem encontrar rastro do bicho nem sinal de que ele tivesse passado por ali. Dias depois o escritório do patrão pegou fogo quando ele estava fora. Destruiu os papéis que ele guardava numa gaveta trancada à chave. Se a patroa não sentisse o cheiro de queimado a casa inteira teria ardido, disse Carmen.

No povoado começaram a comentar porque um acidente é uma casualidade mas não dois e muito menos três. Três acidentes em poucos dias é coisa de mau-olhado, por mais que a madame os minimizasse e dissesse que havia sido coisa pouca. Pois não parecia quando a ouvimos gritar como uma bacorinha, dizia Carmen na fila do pão, e todas as mulheres riam disfarçadamente. Alguns começaram a vir aqui em casa quando anoitecia pra ver se eles também podiam usar um pouco desse mau-olhado praquilo que tinham pendente, que sempre foi muito porém mais ainda desde a guerra. Vinham de noite, saíam do povoado atravessando os palheiros e chegavam aqui pelo monte pra que ninguém os visse. Alguns queriam cobrar uma bofetada ou uma surra que traziam guardada dentro desde que a guerra abrira caminho para a barbárie, outros a delação de um vizinho ou a fuga de um parente que havia acabado em perseguição e a perseguição em matança. Eu amaldiçoava os parentes, os policiais, os padres, os alcaguetes, quem quer que fosse, com todo o ódio que havia em minhas entranhas e nas da casa porque sabia que no dia em que os pobres começassem a cobrar dívidas muitos não iriam ter chiqueiro onde se esconder.

Depois começaram a vir também pra pedir remédios e eu lhes dava as duas ou três ervas que conhecia e lhes dizia uma verdade e uma mentira pra aliviá-los. A verdade era onde estava o pai, o marido, a filha ou a irmã deles que havia desaparecido. O muro do cemitério, o caminho que leva a Villalba, o barranco da fonte, a colina da ermida. Todo o povoado repleto de corpos. A mentira era que esse pai, esse marido, esse filho ou esse irmão estava no céu, que os santos me contavam que o viam e que ele lhe mandava lembranças. Depois os deixava se sentarem pra rezar ali com a santa e acender uma vela pros familiares porque não podiam recolher os corpos pra enterrá-los nem pedir uma missa ao vigário. De modo que se sentavam na cozinha e eu acendia o lume pra não terem frio e eles se sentiam um tantinho melhor com a mentira embora a sombra que carregavam nas costas ficasse desde então na casa com a boca cheia de terra, a cabeça esburacada e os dentes arrancados a coronhadas. Algumas desapareciam depois de um tempo e talvez fosse verdade que os anjos vinham levá-las pro céu, porque os rapazes que morrem nos barrancos com as entranhas estraçalhadas não podem ir pro inferno. Mas outras se escondiam nas panelas e embaixo das camas, sei lá se por medo ou por rancor, e não iam mais embora.

Pelos desaparecidos eu não cobrava, pelas maldições sim. Quando eram de pouca monta eu dava aos que me procuravam um punhado de sal pra cuspirem e jogarem à porta de quem interessasse. Quando eram importantes, fazia um amarrado e o metia no guarda-roupa. A casa gostava daquilo. Quanto mais raiva sentissem da pessoa que iam amaldiçoar, melhor funcionava o amarrado. Eu cobrava caro para que não fizessem aquilo por qualquer bobagem, mas de todo modo metade não tinha como pagar e então vinham com os lençóis dos enxovais, as alianças de casamento, as panelas de casa, o que fosse. Dessas coisas eu não ficava com nenhuma porque me dava aflição dormir em lençóis com as iniciais de outros ou usar alianças de casamento de outros e porque de todo modo vivíamos com o que íamos conseguindo. Meu marido não me deixou nenhum dinheiro porque pra isso ele não servia. Se eu tivesse sido capataz, saberia o que fazer pra ir tirando algo dos Jarabo quando não se dessem conta. Não teria partido o espinhaço carregando seus vinhos em troca da miséria que eles quisessem me pagar enquanto se empanturravam de filés e bolos. Mas meu marido era medroso demais ou honrado demais, as duas piores coisas que um pobre pode ser.

Do casamento me restara apenas uma criatura que chorava muito e adoecia mais ainda. A cada momento lhe vinham febres que não havia jeito de baixar e acessos de tosse que a faziam se sacudir no berço. Minha mãe tinha certeza de que a criatura ia morrer. Na época morriam muitos bebês, era preciso batizá-los cedo porque de uma hora pra outra tinham um ataque e na manhã seguinte apareciam no berço frios como pedras de gelo. Mas minha filha não morreu. Aguentou cada febre e cada espasmo com o empenho que seu pai não tivera. Esta menina tem vontade de viver, dizia Carmen quando vinha nos ver. Eu não falava nada, mas não era isso. É que nesta casa os mortos vivem tempo demais e os vivos pouco demais. Aquelas que estão no meio, como nós, não fazem nem uma coisa nem outra. A casa não nos deixa morrer mas tampouco viver fora dela.

Pra mim foi doloroso que Pedro morresse porque ele não agiu mal comigo. Trabalhava o que devia trabalhar, não levantava a voz nem a mão e nunca me envergonhou andando por aí com outras mulheres. Pouco mais do que isso se pode pedir a um homem. No máximo que não atrapalhe, e isso ele também não fazia. Comia o que eu lhe botava no prato e calava mais do que falava. Amar não me amava e eu tampouco a ele, mas algum carinho um pelo outro nós tínhamos sim, e à noite ele continuava gostando da minha ânsia ao lhe tirar a roupa.

Depois que enterrei meu marido a menina continuou a crescer feia e raquítica. Não importava o que lhe déssemos pra comer, parecia que a tínhamos tirado de um orfanato de tão magra que era. Amarela como cera e murcha como os filhotes de camundongo, que nascem enrugados e pelados. Você vai ver que as crianças que nascem feias são as mais bonitas depois, dizia Carmen. Eu não sabia se acreditava. Temia que a casa tivesse feito isso à menina, que ela tivesse saído assim por culpa das sombras.

Já contei a vocês que a vigiei sem descanso enquanto crescia. Observava todos os seus movimentos, não a deixava sozinha nem por um momento. Passava as noites em vigília ao lado da cama que havíamos instalado pra ela junto da minha. Procurava um gesto, um gemido, algo que mostrasse se a sombra estava crescendo dentro dela ou se eram apenas fantasias da minha cabeça. Minha mãe, ao contrário, mal se aproximava. Tinha adquirido por ela a mesma aversão que sentia por mim, o mesmo rancor que trazia cravado nas tripas havia anos. Tinha medo de que os santos também viessem à menina, de que minha filha estivesse atada às sombras como ela estava.

Com o tempo vi que Carmen tinha razão, a menina deixou de ser tão raquítica e troncha quando cresceu, desapareceram o inchaço das pálpebras e as bolsas embaixo dos olhos, a pele perdeu a cor amarela e o cabelo começou a crescer forte e escuro. Aos seis anos se transformara numa criança linda. Eu lhe disse, me recordou Carmen numa tarde em que veio nos ver. Suas tardes livres eram bem mais frequentes desde que a patroa dera ouvidos à fofoca de que ela ia à minha casa muitas das vezes em que não estava no trabalho, mas não se atrevera a demiti-la por mais descarada que Carmen se tornasse e por mais que soltasse a língua à medida que ia envelhecendo. A madame não esquecera aquele mau-olhado, e a fama de rogadoras de praga que tínhamos criado à base de amarrados se encarregava de lhe relembrar isso diariamente. Uma vez viu

Carmen limpando a penteadeira e correu para pegar o pente com uma expressão apavorada, deviam ter lhe dito que fazíamos os amarrados com cabelo e ela decerto imaginara o resto. Agora só permitia que seu quarto fosse arrumado por Margarita, uma moça estúpida que entrara para o serviço quando eu saí e que falava na fila da mercearia sobre o bom gosto da madame e de como eram elegantes os tecidos que traziam de Paris e finos os bordados e as rendas que ela mandava fazer. Vejamos se você acha que vestida como nós sua patroa ia parecer fina e não a mula velha que é, retruquei para ela na fila, e algumas das mulheres começaram a rir e outras viraram a cara para que não informassem seus nomes quando fossem mexericar com a madame. Sem dúvida algumas dessas calhordas estavam pensando em transmitir pessoalmente a fofoca, em encontrar a madame na saída da missa, como que por acaso, como se não tivessem ficado uma semana inteira planejando ser a tal ponto miseráveis e mesquinhas.

A menina crescia cada vez mais bonita e minha mãe ia encolhendo. Apareceu-lhe nos quadris um volume que a obrigava a caminhar dobrada, a subir a escada agarrada duplamente ao corrimão e quase se arrastando pelos degraus. As carnes que restavam desapareceram e seus dentes caíram em menos de dois meses. A pele se enrugou de um dia para outro, ela parecia muito mais velha do que na verdade era. Não sei se o rancor estava acabando com ela ou se a casa se cansara da minha filha e agora estava se entretendo com minha mãe. Fosse como fosse, não tive pena de vê-la sofrer. Não me lembrava de ter sentido outra coisa por ela exceto ressentimento. Talvez quando criança, antes mesmo de perceber que ela me tosquiava de propósito quando cortava meu cabelo ou que me tirara da escola e me mandara ser empregada para que eu limpasse a merda que toda a minha família se negara a limpar.

Cada chaga que saía dela e cada dente que perdia me pareciam uma recompensa pelo que havia feito comigo, um presente mandado pela santinha ou pelo demônio, dava no mesmo.

Quando ela morreu eu dei ao coveiro uma gorjeta pra ele deixar o caixão ao contrário, com os pés virados pra cabeceira da lápide. Queria que ela soubesse o que ia acontecer se tentasse voltar à casa. Só estávamos presentes Carmen, minha filha e eu no enterro, à minha mãe não restava outra família e mais ninguém do povoado quis vir. O homem fez o sinal da cruz mas guardou o dinheiro e fez o que eu disse. Não sei se foi por isso, mas minha mãe nunca voltou dali.

7

Minha bisavó morreu porque foi comida inteirinha pelo ódio, tal como seu marido. Ele acabou emparedado na casa que havia construído para encerrá-la e ela consumida pela inveja que sentia da própria filha. Morreram os dois de pura repulsa de puro desprezo de pura malquerença. Ela fez bem em deixá-lo atrás daquela parede até que não passasse de um cracracra com a colher no tijolo mas esse cracracra lhe entrou na cabeça porque nesta casa tudo se mete dentro de você e ali escava escava escava.

O resto da família também morreu de ódio mas não do dela, e sim do dos outros. Meu avô se consumiu na cama um ano depois de viver na casa porque não aguentou o ressentimento que os tetos lhe gotejavam em cima. Nós nos criamos aqui, mas meu avô vinha de fora e não estava preparado para este apodrecedouro. Tudo o que restou dele foi um círculo de suor e urina nos lençóis e aquela cria raquítica e mirrada que viria a ser minha mãe e que também morreria de ódios que não eram seus. Disso morreram todos nesta família, de ódios seus ou dos demais, mas sempre de ódios.

A velha tem razão quando diz que nesta casa a raiva nos come, mas não é porque nascemos com algo retorcido por dentro. Aquilo vai se retorcendo depois, pouco a pouco, de tanto apertarmos os dentes. Percebi isso quando comecei a trabalhar para o filho dos Jarabo, que se instalara no povoado com a segunda esposa para administrar as adegas depois que o pai e o irmão morreram. No primeiro dia, assim que a mãe do menino abriu a porta, já comecei a apertar os dentes. Como não iria me retorcer ali dentro, como não iria me desatinar, e tome de ranger os molares uns contra os outros? Assim que a vi ali parada no umbral percebi que não devia ter ido, mas neste povoado de merda eu iria trabalhar em quê? Aqui não há nada para fazer além de umas poucas semanas de vindima e algum velho para você limpar a merda dele até que morra ou que o metam num asilo. Pensei que era melhor cuidar de um menino do que de um velho, porque uma moribunda eu já tenho em casa.

María, a filha de Angustias, também se candidatou ao emprego. Sua mãe estivera doente a vida inteira, ninguém sabia de quê porque os médicos não conseguiam dizer e ante a insistência de María insinuaram era tudo invenção, como se ela mesma não tivesse visto que a mãe não podia nem se mover quando sofria um achaque, que quase nem podia falar de tanta tristeza que lhe vinha. María ficara cuidando da mãe porque em casa o pai não servia nem para cozinhar batatas e os irmãos foram estudar fora e não voltaram. Mas se preocupam muito comigo, dizia a mãe às vizinhas que iam vê-la quando ela não podia nem se mover, me telefonam toda semana. E eu não sei se María, enquanto esfregava as manchas do banheiro ou limpava a cozinha, ficava furiosa quando a ouvia dizer isso, mas era o caso de se indignar e jogar o balde de água suja em cima da velha e arrastá-la casa afora pelos cabelos para obrigá-la a conferir se tinham sido os irmãos que haviam feito as camas ou preparado a comida.

Quando Angustias morreu os irmãos também telefonaram mas para botar a casa à venda. O pai fora enterrado uns dois anos antes e os irmãos queriam liquidar o que restava no povoado. Como María não tinha dinheiro, eles venderam a casa e expulsaram a irmã com cinco mil euros no bolso. De um dia para o outro María ficou sem moradia sem pensão sem trabalho e sem irmãos, os quais nunca voltaram a ligar. Viveu por um tempo numa casa que um vizinho alugou para ela, fez uma ou outra vindima. Candidatou-se ao emprego que acabaram dando a mim mas a madame não quis nem recebê-la. Depois não conseguiu pagar o aluguel e a tiraram dali. Ninguém voltou a vê-la, disseram que foi levada para um asilo porque perdera o juízo.

Quando ela se apresentou na casa dos Jarabo eu pensei que iam lhe dar preferência, pois era muito mais velha do que eu e precisava mais do emprego. Mas quando Angustias morreu María já passara dos sessenta anos e os patrões não gostam das senhoras metidas em roupas fora de moda e cabelo cortado na cozinha de casa. Elas servem para a vindima porque isso é o que fizeram a vida inteira, trabalhar como mulas, mortas de dores pelo corpo em troca de uma miséria, mas não para tê-las em casa cuidando do filho deles. Não querem que o filho seja criado por uma pobre desgraçada com roupas compradas na feira e raízes do cabelo sem tingir, porque o que essa infeliz vai ensinar se não conseguiu nada, se não fez nada com a própria vida, como vai ensinar ao menino qual é o lugar dele, como vai fazê-lo ver que o importante é o sucesso o dinheiro como vai ensiná-lo a pisar se foi sempre a pisoteada?

A mãe do menino nos olhou de alto a baixo e me contratou porque percebeu que suas amigas quando viessem da capital se perguntariam quanto estariam me pagando, quem teria dado minhas referências, em quantos idiomas eu falaria com o menino. Eu nunca tinha cuidado de uma criança na vida e só sabia o inglês que me ensinaram na escola mas isso não importava, o que importava era que eu não parecesse uma caipira uma pobretona uma ignorante que nunca fizera mais do que faxinar, o que importava era que suas amigas me vissem e pensassem que eu custava os olhos da cara. Tudo isso eu soube pelo jeito de ela me olhar, na televisão disseram que deviam chamar o serviço social porque eu sou retardada mas é mentira, ao fim e ao cabo cá estou eu em casa, depois de tudo o que fizemos, e quero ver quem poderia dizer o mesmo.

A velha ficou inteiramente transtornada quando soube que eu ia trabalhar para os Jarabo. Você acha que a escolheram para exibi-la mas só fizeram isso para humilhá-la, disse aos gritos, louca de raiva. Não sei o que respondi mas por dentro sabia que era verdade, que todo mundo ia pensar que bater na porta deles pedindo trabalho era a demonstração da nossa derrota, a prova de que o filho enfim havia vencido o desafio que a velha lançara à mãe e à família inteira quando os insultou diante de todo o povoado no velório e fez todo mundo acreditar que havia incendiado a casa deles e quebrado seus ossos com os amarrados.

Como a velha não ia ficar endemoniada se tivera que sofrer o desprezo dos Jarabo a vida inteira, se desde menina tivera que olhar para os sapatos deles e não para os rostos, se tivera que ver que davam os pêsames a eles pela morte de seu marido? Como não ia se envenenar até o fígado ao ver que depois de tudo isso eu rastejei até a casa deles para pedir trabalho, ao ver que eu ia cuidar do filho deles e criá-lo para que se transformasse em outro desgraçado que nos desprezaria, em outro filho da mãe que herdaria as terras as adegas e o direito a nos submeter a elas em troca de uns centavos? E, se isso fosse pouco, ainda tivera que ver a sombra da filha na casa dia após dia durante anos, como uma condenação.

Entendi a velha quando já trabalhava naquela casa que antes tinha sido do pai e agora era do filho mas na qual nada havia mudado porque aqui nada nunca mudou e quando alguns fizeram a tentativa foram moídos a porrete destroçados a pancadas levaram um tiro entre os dentes no meio do monte. Eu achava que era mais esperta do que ela, que o rancor da velha eram só bobagens antigas que já ninguém levava em conta, que por fim eu poderia ter dinheiro para ir embora desta casa e não voltar a pisar aqui. Lá nos Jarabo vi que fui uma idiota, que era verdade que eles tinham me contratado em vez da María para fazer figura mas que me odiavam e me exibiam ao mesmo tempo, como quem mostra às visitas um troféu de caça ou um animal enjaulado. Gostavam que seus amigos de fora pensassem que eu custava um dinheirão, mas que no povoado soubessem que eu trabalhava para eles por uma miséria, porque assim tudo voltava a estar em ordem todos estávamos outra vez em nosso lugar.

Meu bisavô se negara a servi-los e eles permitiram isso mas só pela metade e só porque haviam reconhecido nele a mesma disposição que traziam dentro de si a mesma gana de submeter quem está por baixo. Sabiam que esses não eram os perigosos porque esses nunca olham para cima nunca apontam para cima só para baixo. Esses é bom manter por perto porque às vezes é preciso botar ordem e esses são os que disparam para onde é preciso disparar os que estão dispostos a qualquer coisa. Mas à velha não tinham perdoado a audácia diante de todo o povoado nem lhe haviam perdoado que ela fizesse todo mundo acreditar que com quatro fios de cabelo e umas rezas prum santo você podia fazer a madame cair escada abaixo. Isso eles não tinham perdoado mesmo, isso não se podia consentir porque então todos os infelizes do povoado iriam pensar que podiam fazer o que quisessem, que podiam ameaçá-los, que se assim desejassem podiam lhes quebrar uma perna ou um braço com uma invocação.

Agora eu trabalhava lá e eles podiam demonstrar que tudo voltava ao seu lugar e a velha era apenas uma louca que tinha acreditado em suas próprias histórias e em suas próprias mentiras. Me ter trabalhando ali era a prova e eu havia contribuído para isso, eu havia contribuído para que todo o povoado pensasse que eles tinham vencido que eles sempre venciam que todos os desprezos e os insultos que a velha aguentara por todos aqueles anos desde o enterro não tinham adiantado nada porque mais cedo ou mais tarde tudo voltava ao seu lugar. Pensei em abandonar o emprego, em ir embora dali para que cada dia não fosse mais um lembrete para a velha, porque o mal eu já tinha feito mas pelo menos não seria uma chacota. Só que uma tarde quando eu já estava com as palavras na boca quando estava prestes a dizer vou embora daqui a patroa me disse que iam vir umas clientes para ver a casa e que eu ficasse no quarto com o menino e não o deixasse sair. Os clientes iam quase sempre à adega mas às vezes apareciam na casa por algum motivo e então ela me pedia que me trancasse com o menino por medo de alguma birra e de que todo mundo visse como ele estava malcriado e caprichoso. Se alguém perguntasse ela dizia que o filho estava na aula de francês ou estudando piano.

Mas naquela tarde foi impossível segurá-lo no quarto, nem por uns minutos. Ele começou a intuir que a mãe o afastava quando vinham visitas e isso o deixava ainda mais insuportável. Me xingava puxava o meu cabelo jogava em mim tudo o que tivesse à mão me dava mordidas e pontapés se eu tentava segurá-lo. Quando não aguentava mais e sentia impulsos de lhe dar uma bofetada eu o deixava brincar no celular e isso costumava funcionar porque a mãe o proibia. Mas naquele dia nem isso adiantou, ele atirou o aparelho pela janela e saiu correndo do quarto. Alcancei-o já no salão, onde a mãe estava falando dos quadros que haviam escolhido para decorar a casa.

Ora, ora, quem temos aqui?, disse uma das clientes naquele tom de voz idiota que os adultos usam para falar com as crianças, você deve ser Guillermo. O menino estendeu a mão com um gesto encantador que imitava os cumprimentos dos adultos e todas riram ao mesmo tempo. Já acabou sua aula de francês? Não, eu respondi, pegando o menino pela mão para levá-lo, só viemos buscar um copo d'água. Elas sequer esperaram que eu saísse não aguardaram nem alguns segundos para que eu não pudesse ouvi-las. O ruim das professoras que não são nativas é que depois o sotaque fica muito evidente, disse a mesma de antes. É horrível, respondeu a mãe, mas acontece até no espanhol porque ele repete o que ouve das empregadas. Meu marido e eu achávamos boa ideia criá-lo aqui no campo com os cavalos e os vinhedos antes de escolhermos um bom colégio para não deixá-lo o dia inteiro diante de uma tela mas um dia destes ele me disse que já havia *comío* e juro que estive a ponto de ir embora daqui no mesmo dia.

Ouvi-as rir durante um bom tempo. Continuei a ouvi-las quando foram embora, quando botei o menino na cama e voltei para cá ainda sentia as risadas martelando na minha cabeça. Aquele gorjeio contido e meio sufocado de quem está rindo de alguém e finge que dissimula e não quer ser escutado mas na verdade quer, aquele riso como o do marquês que joga uma moeda no chão como o do granjeiro vendo os porcos comerem.

Foi naquela noite que entendi tudo, ali estendida na cama me veio tudo à cabeça. A velha sempre acreditara que o ódio dos Jarabo era uma rixa entre famílias uma rixa daquelas que se encistam e se encistam sem formar crosta mas não era verdade. Os Jarabo não eram piores do que qualquer um dos que são como eles e não nos odiavam mais do que odeiam qualquer um dos que são como nós. Tinham cismado com a velha por causa dos amarrados, porque graças a isso todo o povoado acreditara que é possível amaldiçoar gente como eles sem que nada aconteça que podemos nos esgueirar pelo monte no meio da noite e vir a esta casa no meio do nada no meio de um ermo para preparar um feitiço contra o patrão o senhor o amo sem pagar nada. Mas detestam todos nós do mesmo jeito sentem por nós a mesma repulsa e essa repulsa nos penetra e nos envenena e a carregamos tão fundo que no final pensamos que é nossa mas não é. E então adormeci e ao acordar tinha dentro de mim um cupim que não sei se as sombras o meteram ali entre sussurros no meio da noite ou se me veio por conta própria à cabeça mas isso não importa porque eu também soube que esse cupim eu tinha de tirá-lo e que ainda não podia sair do emprego porque me restava uma coisa a fazer.

8

Claro que não gostei de ela trabalhar pra eles. Como eu ia gostar que ela fosse criar o menino daqueles malditos que foram a ruína desta família? Bem que evitou me contar até que começou no emprego. Se eu tivesse sabido antes, iria agarrá-la pelos cabelos e trancá-la no depósito de lenha pra não deixar que servisse naquela casa. Preferiria matá-la a vê-la empregada de lá.

Os Jarabo a contrataram logo, claro. Podiam ter escolhido María, que os desgraçados dos irmãos deixaram na rua, é preciso ser muito ruim e miserável pra fazer isso com a própria irmã. Mas não, ficaram com minha neta. Ela acreditava que era por ser mais jovem e ter uma aparência melhor, e não digo que não houvesse um pouco disso, aquela metida a besta com quem o filho casou depois de se divorciar da primeira mulher certamente pensou que María deslustrava a casa. Deus os cria e eles se juntam e esta era igual ou pior do que a outra, só que muito mais jovem. Mas com meus botões eu tinha certeza de que o filho não nos perdoara por fazê-lo despencar barranco abaixo enquanto caçava. Da porta pra fora os Jarabo troçavam dos mexericos e diziam que foram apenas acidentes, mas da porta pra dentro Carmen sabia que eles não eram assim tão soberbos. A mãe começou a descer a escada se agarrando ao corrimão e o filho depois da queda trancou a escopeta à chave.

Mas pensando bem não sei se o filho não me perdoou pelo acidente ou se o que ele não perdoou foi o povoado inteiro acreditar que eu podia provocar aquilo com umas rezas, como diz minha neta, mas neste caso dá no mesmo. Eu guardava a bílis dentro de mim e agora sabia como extraí-la. Minha neta foi lá porque aquele lhe parecia um trabalho como outro qualquer, tanto faz trabalhar pra uns ou pra outros. Ela só queria juntar uns trocados e se mudar pra Madri. Mas ali na casa entendeu muitas coisas. Foi com umas ideias e saiu com outras. Eu me indignava sempre que a via chegar porque me vinha ao corpo toda a raiva que sentia por pensarem no povoado que depois de tantos anos tínhamos rastejado pra pedir trabalho a eles, mas minha neta começou a conversar comigo e a me contar as ideias que se formavam na sua cabeça quando estava naquela casa. Eu já sabia muitas das coisas que ela me contava, mas não as tinha visto assim juntinhas, umas depois das outras. Queria ter visto antes porque as contaria à minha menina e decerto ela não teria desaparecido. Minha neta diz que isso não se sabe, que ela talvez desaparecesse do mesmo jeito, que eu não tinha como evitar. Mas não posso deixar de imaginar que, se tivesse pensado nisso antes, ela e eu teríamos nos entendido melhor, não teríamos gritado uma com a outra, ela não teria ido embora batendo a porta.

Minha menina era muito bonita. Não como nós duas, que somos baixinhas e delgadas como fuinhas. Não temos carnes. Ela era alta e formosa, elegante como uma corça. Aquele bebê encolhido e amarelento se transformara numa moça linda, todo o povoado olhava quando ela caminhava pela rua. Era uma alegria de ver. As mulheres comentavam na fila da padaria, perguntavam como era possível que de uma casa como a nossa tivesse saído uma jovem tão meiga e bela. Carmen me contava. Aquelas desgraçadas enchiam a boca intrigando, mas bem que depois vinham aqui pra pedir.

De todo modo o pior não era o que as mulheres diziam, mas o que os homens falavam. Isso Carmen não me contava porque essas coisas eles só dizem entre si. Isso quem me contava eram os santos. Me diziam que eles falavam do que fariam com ela, alguns com desejo e outros com aquilo que muitos homens têm pelas mulheres, eles pensam que é desejo mas é puro ódio. Os santos me contavam com as palavras exatas, com todos os detalhes, para que eu memorizasse bem o que cada um dizia. E eu guardava, metia tudo dentro da cabeça.

Algumas coisas eu contava à minha filha, mas ela não acreditava. Dizia que eu só queria assustá-la pra que não saísse na rua, pra que ficasse fechada comigo entre estas quatro paredes. Dizia que as pessoas riam de mim, que me chamavam de louca, que zombavam às minhas costas. Que sentia vergonha de ser minha filha. Isso eu também sabia. Sabia que ela ria de mim com os amigos, que contava ter encontrado rosários embaixo das camas e bolsas cheias de cabelos entre os lençóis. Que lhes dizia que eu falava sozinha, que eu acreditava que os santos apareciam para mim sempre que me dava um desmaio. Zombava mais do que todo mundo pra verem que ela não era como eu, que não se parecia em nada com a mãe, que ela não acreditava nessas bobagens de velha.

Isso os santos me diziam, mas não era preciso. Ela mesma cuidava pra que todo mundo soubesse, inclusive eu. Mas havia outras coisas que ela não queria que eu soubesse e essas os santos também me contavam quando me levavam. Diziam que ela ia com os rapazes para as eiras e que ali bebiam e fumavam e escutavam música num rádio toca-fitas que o filho dos Jarabo tinha. Nessa época quase todos já haviam saído daqui, alguns pra estudar e a maioria pra trabalhar, mas voltavam no verão. Depois que minha filha desapareceu pararam de fazer isso, mas nos dois ou três verões anteriores voltavam todos assim que entravam de férias. Passavam o dia dormindo e a noite na farra. Iam às festas dos povoados dos arredores e voltavam bêbados como gambás, dirigindo por estas estradas perigosas que existem por aqui, cheias de curvas e buracos. Nenhum se matou num acidente porque Deus não quis.

Minha filha não quis estudar. Eu não teria podido mandá-la pra universidade porque sabe lá quem pode pagar isso, mas falei pra fazer um curso profissionalizante e ela também não quis. Tinha terminado o fundamental a duras penas, muitas vezes nem aparecia para a aula. Dizia que não aguentava ficar ali sentada por tantas horas ouvindo bobagens que não serviam pra nada. Os trabalhos também não duravam. Quando conseguia um no inverno, às vezes aguentava dois ou três meses, mas abandonava assim que chegava o verão. Se não tivesse dinheiro pra sair, encontrava alguém que a convidasse. Sempre tinha um sujeito disposto a lhe pagar uma taça, muitos esperando conseguir algo em troca, outros exigindo isso.

Muitas vezes quem a convidava era o filho dos Jarabo. Alguns anos mais velho do que ela, estudou pra ser advogado como o irmão e arranjou um emprego num escritório de Madri, mas gostava deste lugar. Aqui ele podia caçar e sair com os cavalos pelo monte, o desgraçado. Os santos me disseram que ele olhava muito pra minha filha, e que a olhava com desejo. Eu ficava louca por saber que aquele filho da mãe estava atrás da minha filha. Aquela família nunca tinha o suficiente, sempre queria mais. Não bastava que trabalhássemos pra eles, que o povoado inteiro deixasse o couro nas suas vinhas, também era preciso agradá-los.

Mas não vou mentir pra vocês, minha filha gostava que ele fosse atrás dela. Aquela idiota achava que iam ficar noivos. Esses aí só nos querem para o que nos querem, eu lhe dizia, e ela retrucava que isso eram coisas de antes. Como se aquele patife não fosse filho do pai. Como se não o tivessem feito acreditar desde menino que tudo o que há neste povoado é dele.

Pensei que a estupidez da minha filha ia desaparecer quando o rapaz veio passar uns dias com a noiva, a que depois se tornou a primeira esposa. Uma garota de Madri, filha de um dos advogados do escritório onde ele trabalhava. Bem arrogante e bem magrela, sem nenhuma graça nem nenhuma carne. Mas ao mesmo tempo bem-vestida e com maneiras de colégio caro que apareciam até naquele jeito de caminhar como uma marquesa, como se ela mesma tivesse pagado cada lajota que pisava na rua. Ele a deixava com a mãe e vinha aqui em casa procurar minha filha, só que ela não queria vê-lo, se trancava no quarto até que fosse embora pelo caminho. Nunca se aproximava da porta nem tocava a campainha, mas eu sabia que ele andava por perto porque a casa inteira estremecia. As paredes começavam a balançar e o ar ficava tão denso e pesado que eu mal podia respirar de tanto sufoco.

Ela se aborreceu com ele, e comigo mais ainda. Nesta família viemos cuspindo o ódio umas contra as outras até que ele nos comeu por dentro. Na época eu ainda não sabia o que minha neta diria mais tarde, só me dava raiva que minha filha fosse tão idiota, que não me tivesse dado ouvidos todas as vezes em que eu lhe disse que essa gente só nos quer pra lhe fazer a cama ou pra desfazê-la e pra mais nada. Ela odiava que eu tivesse razão, que aquilo que falava se confirmasse. Sempre que gritávamos uma com a outra a casa se estreitava sobre nós. As paredes estremeciam e as portas dos armários se abriam e se fechavam de repente. Os tetos estalavam como se estivessem prestes a cair, como se o telhado fosse desabar sobre nossas cabeças de uma hora pra outra. Mas o pior eram as sombras. Nos agarravam pelos tornozelos para que caíssemos no chão, nos puxavam a roupa e se penduravam em nossos cabelos, nos atiravam os pratos e os copos de dentro dos armários. Exasperavam-se com nossas brigas, transtornavam-se de tanto ouvir os gritos e as pragas e os tomara que você morra e os quem me dera não ter parido você sua desgraçada.

Duas semanas depois que o Jarabo apareceu no povoado com aquela empertigada minha filha começou a sair com um moço, um rapaz que trabalhava como pedreiro num grupo de Huete. Quem me contou foi a santa numa noite em que veio se deitar comigo na cama, lembro que ela queimou os lençóis com a auréola e tive que jogar tudo fora. O jovem parecia muito formal e muito trabalhador, mas na verdade ela não gostava dele, aquilo era puro despeito e puro ataque de ciúme. Isso não era necessário que a santinha me dissesse, eu mesma via. O rapaz vinha buscar minha filha em casa, sentava no poial do pátio e ficava esperando até ela descer, às vezes quase uma hora. Ela não me deixava convidá-lo pra entrar, acho que sentia vergonha de mim e da casa, não queria que ele visse os pisos arranhados e as manchas amarelentas nas paredes, os vestidos velhos com a cava mal franzida e as mangas desiguais porque eu nunca aprendera a costurar de tanto rancor contra minha mãe. Quando ela finalmente saía, ele a olhava deslumbrado. Até ficava de queixo caído, o imbecil.

Ela o deixou logo, vinte dias depois, assim que o filho dos Jarabo voltou pra Madri, e se aborreceu porque esse outro vivia atrás dela como um cachorro. O rapaz não gostou. Começou a segui-la pelo povoado, a se postar diante da casa. Ficava ali parado no portão do pátio, esperando por ela, tentando vê-la através das cortinas do quarto. Não saía dali nem quando anoitecia. A casa começou a se inquietar alimentada pela angústia da minha filha, que aumentava à medida que os dias passavam. Sempre que olhava lá pra fora ela via o homem parado diante da grade do pátio, esperando. Ele faltava ao trabalho e mal dormia, a mãe dizia pelo povoado que nós o tínhamos transtornado, que ele nunca fizera essas coisas até começar a sair com minha filha. Pedi à minha menina que me deixasse fazer algo para afastá-lo, mas ela não quis. Nem mesmo um pequeno susto. Dizia que aquilo eram apenas idiotices, que ele logo se cansaria.

Não se cansou, eles nunca fazem isso. As coisas só pioraram. Uma noite a santa veio no teto da cozinha quando eu lavava as panelas. Apareceu pra mim ali, com sua auréola resplandecente no teto amarelado de fumaça e gordura. Disse que minha filha estava prenha, ia ter uma menina. Não sei por quanto tempo a santa me levou, mas quando voltei a mim já estava amanhecendo.

A gravidez foi o mexerico de todo o povoado assim que começaram a notar a barriga. Os desgraçados não tinham outro assunto. Vinham se perguntando havia anos como era possível que eu tivesse parido uma jovem tão bonita e tão meiga, mas agora tudo se encaixava. Ela era uma descarada como a mãe, nós duas acabamos prenhas de tanto andar por aí com os rapazes como umas desavergonhadas. E acabavam concluindo que ela se parecia comigo mesmo.

Aquilo fez com que ela me odiasse ainda mais. Sempre se achara melhor do que eu, acreditava que se casaria com um rapaz bem colocado e iria embora daqui, que não precisaria pisar outra vez neste povoado de miseráveis. Mas no fim das contas tinha feito o mesmo que eu, engravidou cedo demais. Jogava a culpa sobre si mesma como fazia todo o povoado, achava que era ela que devia ter parado quando ele insistia. Se odiava por isso e me odiava porque via seu reflexo. Se via dentro de dez anos encerrada nesta mesma casa, com a roupa frouxa e uma cria estúpida que não quisera ter.

Sempre acreditei que ela voltou com ele por isso, para não acabar como eu. Talvez tenha pensado que por pior que fosse era melhor um homem do que nenhum, que assim teria uma oportunidade de ir embora. Quanto a mim, a raiva me comia por dentro, eu não suportava vê-la reatar com aquele desgraçado que passara dias inteiros diante da casa vigiando-a como um transtornado. É preciso colocar terra entre você e homens como esse antes que eles a joguem em cima de você.

Durante algum tempo pareceu que as coisas iam bem. Tinham decidido não se casar nem viver juntos até que o bebê nascesse, mas passeava de braço dado com ela por todo o povoado, como se já fosse sua esposa. Levava-a de carro a Cuenca pra comer em bons restaurantes, comprava pulseiras e pingentes que deviam custar os olhos da cara e dos quais todo o povoado falava. E minha filha estava bonita de arrebentar, a gravidez a deixava ainda mais formosa, dava gosto de ver.

Mas quando a menina nasceu naquela primavera, ela continuou enrolando. Adiava várias vezes o casamento com uma desculpa qualquer. Chegou de novo o verão e ela voltou a sair com os rapazes que vinham ao povoado. Muitas vezes não aparecia em casa durante dias. O noivo vinha buscá-la louco de ciúme, golpeava a porta como se fosse derrubá-la. A menina chorava e na casa o ar se tornava denso como azeite.

O filho dos Jarabo também veio. Desta vez não tinha trazido a noiva, mas sua mãe dizia por todo canto que estavam preparando o casamento pro verão seguinte. Isso pouco importava a ele, que continuava atrás da minha filha como sempre havia feito, e ela gostava disso. Com um bebê no berço e um noivo no altar, a idiota continuava a procurá-lo assim que ele aparecia no povoado. Eu me consumia por dentro, não sabia dizer por qual dos dois sentia mais ódio nem qual achava mais perigoso.

Quando ela voltava pra casa nos envenenávamos uma contra a outra assim que ela passava pela porta. Os gritos deviam ser ouvidos até no povoado. Eu dizia que ela era uma sem-

-vergonha por largar a filha pra cair na farra, ela retrucava que assim eu tinha algo pra me ocupar em vez de me meter na vida dela. Eu a chamava de mal-agradecida e ela me chamava de louca, eu dizia que ela ia acabar mal e ela respondia que era impossível terminar pior do que eu. A menina chorava como uma desvairada e em nós duas se enraizava forte o ressentimento, que tinha crescido tanto que inchava as paredes da casa.

No dia em que ela desapareceu também tínhamos discutido e a Virgem do Monte sabe que isso eu vou levar cravado dentro de mim até morrer. Foi embora batendo a porta com tanta violência que fez a casa tremer, e não voltei a vê-la até que sua sombra chamou lá de fora alguns dias mais tarde, mas já não era ela. Eu nunca soube qual dos dois a levara, os santos nunca me disseram por mais que suplicasse. Carreguei dentro de mim essa dor por trinta anos como quem traz um buraco no peito. Mas quando minha neta me explicou todas essas coisas me dei conta de que os santos não disseram um nome porque dava no mesmo qual dos dois fez aquilo. Cada um tinha sua culpa e nenhum dos dois a pagara. Os desgraçados continuaram com a vida como se minha filha não tivesse existido. Um se casou com a tal noiva no verão seguinte e o outro com Emilia dois anos mais tarde. Tiveram filhos como se não me houvessem tirado a minha. Como se eu não fosse cobrar a dívida.

9

Prantearam muito o menino. Os lamentos não chegavam a esta casa porque a esta casa de merda não chega nada, nada se vai mas tampouco chega. Menos os mortos, claro, que arrastam suas dores até o umbral e depois se agarram às portas às paredes às estantes ao nosso cabelo aos nossos tornozelos a qualquer coisa que encontrem. Os vivos não chegam exceto se vierem pedir ou nos levar exceto se vierem montados na necessidade ou na aflição.

As mulheres do povoado diziam que se ouvia a mãe do menino chorando o tempo todo, que você passava em frente ao portão e lá estavam os lamentos, fosse dia ou fosse noite. Carmen contava isso à minha avó e eu escutava do andar de cima. A mãe chorava baixinho como choram os ricos porque chorar alto é coisa de pobre, de gente que arma escândalos e cenas e que não sabe se comportar. Chorava baixinho mas era ouvida do outro lado do portão da rua por onde passavam as mulheres para ver se descobriam algo pra contar na fila do peixe e os homens para ver se havia alguma novidade a dizer no bar.

Quando apareceu na televisão ela mal chorou. Ali estava muito chique muito delgada muito jovem muito bem maquiada e muito bem-vestida. Soava muito bem o que ela dizia, tão de colégio caro, sem *ejque* em vez de *es que*, sem *muchismo* em vez de *muchísimo*, sem *bonicos* em vez de *buenos*. Com todas as letras, uma atrás da outra, todas bem colocadas e situadas em seus lugares e sem fazer cena, tinham sumido com seu filho e mesmo assim ela não fez uma cena, não puxou os cabelos até ficar com mechas nas mãos nem gritou que ia arrancar a cabeça do desgraçado que fizera aquilo. Disse tudo o que devia dizer muito tranquila sem escândalos sem xingamentos sem ameaças sem maldições. Mostrava-se triste, claro que estava sofrendo mas carregava aquilo por dentro. Só lhe escapou uma lágrima quando acabou de falar, uma única lágrima que deslizou pela face e que ela enxugou com elegância antes que chegasse ao queixo. A lágrima não borrou o rímel nem fez um sulco em seu rosto porque aquela maquiagem era da boa e não da que você compra no bazar por dois euros. Quando entrava no banheiro da patroa eu ficava olhando os estojinhos de pó que valiam o mesmo que meu salário daquele mês, via todos arrumadinhos ali, em ordem, e imaginava quantos meses quantos anos eu teria de trabalhar para pagar aquilo quantos catarros eu teria de limpar naquela criança idiota quantos puxões de cabelo teria de aguentar para valer o mesmo que aquele estojo de maquiagem. Como eu não ia me consumir vendo aquilo, como não ia me retorcer por dentro naquela casa, como não ia entender tudo?

Não sei o que a mãe disse na coletiva de imprensa porque ouvi mas não escutei. Só conseguia olhar o cabelo perfeito as unhas perfeitas a blusa perfeita. Quanta gente para preparar aquilo, quanta gente mal paga com hipotecas e promissórias, com casas cheias de manchas de mofo e armadilhas pra baratas, para que ela ficasse perfeita daquele jeito! A cabeleireira para a tintura, a manicure para as unhas, a arrumadeira que passava a roupa a ferro. Isso se considerarmos só aquele momento, sem levar em conta os tratamentos de beleza durante anos as babás que cuidaram dela desde pequena e não deixaram que suas mãos manchassem com coisa alguma as criadas que durante décadas evitaram que ela precisasse se sujar de gordura de poeira de merda os professores que a ensinaram a pronunciar tão bem a falar tão bem a não desmoronar nunca diante de ninguém nem sequer quando levaram seu filho porque se você desmorona e grita e amaldiçoa e fala errado e em sua dicção insere jotas onde deveria haver esses e engole sílabas que não devia engolir ninguém leva você a sério. Têm pena de você, dizem ai que desgraça a dessa mãe mas não a levam a sério.

Não sei o que ela disse na coletiva de imprensa mas na verdade não importa porque o importante era que vissem que aquela família não era uma família qualquer que aquele menino não era um menino qualquer. Que aquele devia ser procurado a fundo com todos os recursos necessários sem regatear em horas extras e tampouco em assessores externos que este não era um daqueles casos nos quais você chama a família quando as pistas esfriam e diz estamos fazendo todo o possível diz não sabemos nada diz sinto muito diz estaremos atentos e enterra a pasta no fundo do arquivo. Este era um caso daqueles que fazem chover repreensões se você não tiver resultados daqueles que levam a lhe telefonar alguém de um ministério algum juiz para botar você em seu lugar para lhe informar o que vai acontecer se o menino não aparecer para que você recorde como as coisas funcionam. Um caso dos que sacm na televisão sem parar dia após dia e deixam nervosas pessoas importantes porque essas pessoas importantes veem aquelas unhas bem tratadas e aquela roupa cara e reconhecem um dos seus.

Este mundo não foi feito para que esses meninos desapare-çam, esses meninos não desaparecem esses meninos falam três idiomas antes de começarem o primário mas não desaparecem. Os que desaparecem são os das mães que armam escândalos que gritam na rua e aparecem na TV com o cabelo sem lavar porque a dor as destruiu demais para tomarem uma ducha e não tiveram ânimo sequer para isso quase nem se levantaram da cama. E as câmeras as gravam com o cabelo sujo e a roupa barata e as unhas roídas de tanto nervoso. Gravam-nas despedaçadas rompidas por dentro e por fora e gravam suas casas com móveis baratos e cortinas fora de moda porque elas não têm duas três quatro pessoas que cuidem disso não têm um advogado que organize uma coletiva de imprensa não têm um escritório inteiro que procure um lugar e convoque os meios de comunicação e as oriente sobre como falar e como se mover e o que dizer aos jornalistas que só querem carniça para alimentar horas e horas de debates. Não têm advogado não têm empregada não têm nada e todo mundo vê isso e todo mundo sente pena mas todo mundo também entende que esses meninos desaparecem sim que esses meninos não falam idiomas nem viajaram de avião mas desaparecem sim. Ninguém quer que isso aconteça todo mundo acha ruim mas afinal um pouco menos ruim porque a imprensa os esquece depressa e eles logo se transformam em um número dentro de uma estatística e todo mundo sabe que isso já não dá pena em ninguém que ninguém sente pena de um número que quem dá pena são os meninos louros e brancos de quem sabemos o brinquedo favorito a cor favorita o nome do seu cachorrinho.

O pai também estava na coletiva de imprensa mas quase não falou. Deu todo o protagonismo a ela porque uma mãe chorando arrasa qualquer um mas um homem é diferente, um homem chorando resulta em algo parecido com dor mas que não é dor e sim um desassossego como o de você ser surpreendido pelo trovão em pleno monte. Isso de que uma mãe chorando comove qualquer um todo mundo sabe mas se seu filho desaparece talvez você não se lembre disso talvez comece a insultar a polícia e os juízes porque precisa desabafar de algum jeito. Mas se você tem um advogado, um escritório inteiro, eles se encarregam de colocar você atrás da mãe de lhe sugerir que dê a mão a ela e não a solte durante toda a coletiva de lhe aconselhar um gesto de carinho quando ela acabar de falar e um agradecimento à polícia e às forças de segurança do Estado.

Ele obedeceu em tudo, fez tudo certo, nas imagens da câmera até parecia mais jovem do que na realidade até parecia bonito com aquela camisa cara e aquele cabelo encaracolado que o menino herdara. Qualquer um diria que o gesto lhe saíra espontâneo que ele segurava a mão da mulher todos os dias e que se preocupava com o filho. Eu também teria pensado assim eu teria pensado que pai bondoso como deve estar sofrendo porque aos homens basta um gesto para todo mundo pensar que eles são bons pais mas eu tinha passado muitas horas naquela casa e sabia que ele nem olhava para o menino e para a mãe era melhor que não olhasse. Eu também tinha aprendido que nem mesmo o dinheiro livra você de homens como aquele não importa que sua família tenha empresas e rendimentos e terras e imóveis porque os homens de merda caem em cima de você do mesmo jeito. Eu pensava que as ricas lidavam mais facilmente com essas coisas que pegavam a mala e iam embora e chamavam dois três quatro advogados e além disso tiravam o dinheiro do ex-marido mas então me dei conta de que não eles acabam com elas do mesmo jeito pouco a pouco mas sem descanso como quem cava um buraco usando uma colher bem pequena. E quando elas criam coragem e juntam tudo no estômago para telefonar a uma amiga e dizer não aguento mais e telefonar ao pai e dizer vou embora daqui a amiga diz ele não vai querer pagar pensão você vai ficar sozinha com o menino e vai ter que mudá-lo de colégio e o pai diz não faça escândalo que eu não quero complicação. O dinheiro é sempre melhor o dinheiro dá a todas as coisas uma camadinha de óleo que faz com que nada fique rangendo com que tudo se encaixe em seus lugares cliquecliqueclique todas as peças funcionando como devem funcionar sem que nada se desbarate nem se rompa nem se encaroce nem tropece. Os pobres passam a vida dando marteladas nas peças mas nem assim se encaixam e eles em vez disso bem descansados e bem tranquilos. Mas nem o dinheiro livra você de homens assim, isso eu vi naquela casa. Até as ricas têm que ficar de olho nos homens porque quando você menos espera lhe vem um ciumento um violento que começa com a colherzinha rarrarrarrarra até fazer sua cova.

Vi a coletiva de imprensa no celular mas só uns trechos porque a conexão caía. Queria vê-la mas na verdade tanto fazia o que dissessem porque para mim o pai já dissera tudo o que tinham a me dizer já me dissera que ia destroçar minha vida. Não ele, claro, não ele diretamente, não ia se rebaixar a vir aqui à casa da empregada, para isso ele tem gente assim como tem gente para qualquer outra coisa. Para cá ele mandou o capataz que é para isso que serve para gritar aos que falam aos que perguntam pela meia hora de descanso aos que se queixam de dor por ficarem dez horas agachados junto das videiras.

A polícia ainda não tinha me detido, só me interrogado durante várias horas e me fizera contar a história várias vezes porque era quem estava cuidando do menino e a última pessoa que o vira. Mas para o pai não fazia diferença porque na melhor das hipóteses eu era uma criada que havia feito mal seu trabalho e o que ele queria era me moer de pancada. Queria me arrastar para a rua e me dar uma surra até me matar ou quase me matar porque isso é o que se faz com os empregados que se descuidam e por culpa deles se perdem as colheitas os negócios as éguas ou os meninos. Eu entendo a raiva eu entendo que um pai queira arrastar você pelos cabelos se você perde o filho dele mas também sei que ele não teria essa raiva se o menino tivesse se perdido quando estava com amigos ou um familiar que essa raiva era uma raiva de patrão para quem a empregada se saiu mal.

O capataz deu dois gritos e foi embora quando a velha abriu a porta da casa e ficou olhando para ele do umbral. A velha espanta qualquer um com a cabeleira solta e o camisão preto e olha fixamente mas ele também deve ter sentido algo na casa porque levantou a vista para a janelinha do sótão e durante um segundo sua expressão se descompôs. Eu estava na janela do quarto e ele não me viu mas eu o vi e notei muito bem aquele segundo de terror que ele tentou esconder mas não conseguiu. Talvez tenha visto algo talvez tenha notado a avidez da casa para se lançar sobre ele como um animal embrutecido de fome.

O patrão não mandou mais o capataz até nossa casa mas deve ter feito uns telefonemas porque de fato cumpriu a promessa. No dia seguinte me pegaram e me levaram para a prisão. Talvez eu tenha me equivocado ao contar a história mas não acho que foi isso porque a repeti muitas vezes na minha cabeça e a repeti muitas outras vezes diante dos policiais e sempre dizia o mesmo e os policiais nunca fizeram cara de que algo soava estranho nem me perguntaram mais nada. Acho que eles não tinham nada mas me prenderam para aparentar que estavam fazendo alguma coisa. Seis dias haviam se passado e já ninguém pensava que o menino fosse aparecer com vida nem que tivesse sido um sequestro nem nada porque um menino tão pequeno não sobrevive tanto tempo sozinho e porque ninguém pediu resgate. Ninguém dizia isso mas todo mundo pensava que ele estava morto e todo mundo comentava em suas casas que ele estava morto mas na rua diziam que não se podia perder a esperança um pouco para convencerem a si mesmos e outro pouco por via das dúvidas caso alguém levasse esse fuxico aos Jarabo.

Precisavam fazer algo e me prenderam porque eu estava à mão e não tinha advogado nem contatos nem a quem telefonar para que me livrasse daquilo. Também não tinha dinheiro de modo que fiquei na cadeia até que o advogado que me deram recorreu e eles foram obrigados a me soltar porque não descobriram nada. Mas isso foi três meses depois e em todo esse tempo eu só vi o advogado uma vez e em outra falei com ele pelo telefone. Mas com a velha eu falava, pedi que ela não fosse me ver porque precisaria pegar três ônibus e eu temia que lhe desse uma fraqueza ou uma tontura porque ela está bem para a idade mas pegar três ônibus baixa a pressão e tira a vontade de viver de qualquer um. Também dizia a ela que não saísse da casa porque no povoado todos já davam por certo que eu matara o menino. Com isso ela não se importava mas de todo modo tampouco ia muito ao povoado, só saía da casa para ir à horta ou procurar os gatos depois de não os ver durante vários dias e conferir se haviam caído no barranco e às vezes para remover as fitas que os caçadores amarram nas árvores para assinalar os postos. Numa vez que foi à farmácia todo mundo a olhou mas ninguém disse nada porque neste povoado as pessoas são miseráveis e mesquinhas mas sobretudo são covardes.

Ninguém lhe disse nada mas todos falavam naquilo. Como não seria eu a culpada, se desta casa não tinha saído nada bom, se minha mãe era uma sem-vergonha que engravidou e depois me abandonou para nunca mais voltar, se minha avó matou o marido à base de desgosto à base de malquerença? Estava claro que esta família era maléfica, bastava nos ver todas viúvas e solteiras e sem homens porque nenhum aguentava.

A imprensa piorou tudo porque botava um microfone na frente deles e diziam tudo isso às câmeras às rádios a quem quisesse ouvir. A cada vez vinham mais jornalistas e a cada vez contavam mais coisas e os programas repetiam uma e outra vez o vídeo da desgraçada da açougueira contando que minha avó estava demente porque tomava banho pelada no pátio e se escondia nos armários, do quitandeiro filho da mãe dizendo que no povoado falavam que ela usava os gatos para os feitiços e os amarrados quando alguém ia pedir algo. Isso de fato enfureceu a velha porque ela não se importava quando diziam que estava demente mas não admitia que falassem aquilo sobre os gatos, dos quais gostava tanto que até os tratava por senhor e vejam que ela não tinha tratado por senhor nem mesmo o patrão quando trabalhava para ele.

Quando eu fui solta eles tampouco se calaram porque a ideia de que eu tinha matado o menino lhes entrara na cabeça e já não havia quem a tirasse. Os pais falaram de novo, foram entrevistados em casa, sentados os dois no sofá do salão muito aprumados e muito bem-vestidos e muito de mãos dadas. Dessa vez a mãe chorou um pouco mais, mas as lágrimas lhe corriam também com elegância sem que ela franzisse a cara nem alterasse a expressão. Parecia mais magra e mais cansada, nem aquela maquiagem caríssima disfarçava as olheiras. Já o pai desta vez falou, disse que confiava no trabalho da polícia e dos juízes disse que ele e a mulher sabiam que todos estavam se empenhando ao máximo na investigação disse que o casal tinha esperança de encontrar o filho com vida. Depois olhou diretamente para a câmera e disse que se isso não acontecesse ele mesmo se encarregaria de que a justiça fosse feita.

A entrevista prosseguiu mas não continuei assistindo porque sabia que aquela mensagem era para mim que ele estava dizendo aquilo para mim e para mais ninguém. Em vez de mandar alguém ele agora me dizia aquilo na televisão para que todo mundo escutasse para que a ameaça tivesse testemunhas e não ficasse presa entre as estampas de santos que pendiam da parreira. Quando o vídeo ficou disponível na internet eu o vi um milhão de vezes, avançava e retrocedia e via o pai repetir uma e outra vez que ele mesmo se encarregaria de fazer justiça. Uma e outra vez uma e outra vez. Eu caía na risada sempre. Ele podia me ameaçar o quanto quisesse podia mandar me darem uma surra ou me dar ele mesmo um tiro com a escopeta de caça mas justiça ele não ia fazer justiça havíamos feito nós duas nos assegurando de que aquele menino não fosse como seus pais nem como seus avós nem como seus bisavós e de que ali acabava para sempre a história dos Jarabo.

10

Os desgraçados contaram um monte de mentiras. É preciso ser muito rasteiro pra dizer que eu matava gatos pros amarrados. Quem me contou foi Carmen, que ouviu na televisão. É preciso ser baixo e ruim e desprezível pra dizer uma coisa dessas, e isso do jeito que eu cuido deles, o pelo brilha tanto que parecem reis. Eu antes não vacinava porque não era costume por aqui, mas minha neta me falou e agora quando juntamos uns trocados o veterinário vem e os vacina. Também os leva para castrar. Isso tampouco era costume, aqui eles os metem num saco quando nascem e os arrebentam a pancadas como sempre se fez.

Se não fosse Carmen eu teria ido à quitanda e arrastado o quitandeiro povoado afora por aqueles quatro fios imundos que lhe restam na cabeça. O que você quer? Que a levem presa também como fizeram com a menina, me disse Carmen, então fiquei quietinha pra não piorar as coisas. Não o arrastei mas lhe dei o que merecia. Recomendei-o à santa até ralar a pele dos joelhos. A câmara frigorífica parou de funcionar no fim de semana e o estoque se perdeu. Quando ele abriu na segunda-feira, estava tudo podre, só se salvaram as batatas e as cebolas.

Minha neta achava que depois da prisão as pessoas não iam voltar a me pedir nada, não iam querer que eu lhes fizesse amarrados nem dissesse se seus mortos tinham se perdido ou sido levados pelos anjos. Mas eu conheço bem essa corja de falsos e canalhas. Passaram a ter medo de nós e vêm aqui mais do que nunca. Às vezes juntam dois ou três na porta quando a noite cai e eu não me deito até o final da manhã. A casa percebe o medo que eles trazem e range e estala. As sombras se tornaram tão espessas que às vezes algum deles as vê como vê vocês. Notam um vulto negro se arrastando num canto e afastam a vista sem dizer nada, com mais medo do que quando entraram. Também notam o frio que minha filha deixa ao passar ao lado deles enquanto sobe e desce a escada e atravessa a entrada. Isso sempre me entristeceu, que minha filha deixe esse frio.

Algumas semanas depois os jornalistas se foram e nós duas concluímos o que havíamos deixado pela metade. O outro desgraçado se livrara tempo demais do que fez à minha menina. Eu poderia ter me encarregado dele antes, mas a ideia de não voltar a ver minha filha me doía. Achava que, quando o entregássemos às sombras do armário, o que restava da minha menina iria embora e eu não a veria de novo nem quando morresse, porque sei que quando morrer vou ficar entre estas quatro paredes. Os santos não vão querer me levar por mais que agora venham à parede da cozinha, um instante é uma coisa mas para sempre é outra.

A polícia não voltou aqui, nem por um nem por outro. Do marido de Emilia nunca encontraram nem rastro, nem uma só pista, e se esqueceram logo. O caso do menino continuou aberto, mas depois de um tempo nem mesmo os telefonemas do pai conseguiram evitar que esquecessem. No início ele intimidava os policiais, depois lhes fazia pena e no final só parecia um estorvo do qual não sabiam como se livrar. Carmen me contava tudo isso, ouvia no povoado e depois vinha me dizer porque sabia que eu gostava de escutar aquilo. Também me dizia que a mãe mal saía de casa. Já não havia amigas a quem mostrar a adega nem viagens a Madri para gastar numa bolsa o valor que minha neta recebia por três meses aguentando aquele melequento malcriado. Carmen dizia que quando ela saía parecia uma alma penada, mirrada como uma vara e de cabeça baixa.

Pois, não tiramos suas terras mas sua cabeça nós baixamos sim. Em vez de respeito ou medo, agora o que as pessoas sentem por eles é pena. Continuam tendo dinheiro porque os santinhos não chegam a tanto mas agora em vez de ir atrás deles como um coroinha idiota atrás do vigário as pessoas os evitam e se afastam. Todo mundo sabe que a desgraça pega e ninguém a quer por perto. Ela se crava dentro de você e depois é difícil se livrar.

Carmen parou de vir me contar coisas porque fraturou o quadril e os sobrinhos a levaram para um asilo, o mesmo de María, um dos baratos porque Carmen trabalhou a vida inteira mas sua pensão é mínima. Os patrões não pagaram previdência social, no começo porque isso não se usava e depois porque não tiveram vontade. Disseram que se ela insistisse iam mandá-la embora porque ainda por cima já estava velha e sem dúvida uma peruana ou uma colombiana faria o mesmo por menos dinheiro e sem protestar. Nós costumamos nos falar pelo telefone mas não é a mesma coisa porque no asilo ela está murcha e mirrada e mal fala. O contrário do que era, não havia maneira de que se calasse, e agora pra que diga três palavras seguidas você precisa arrancá-las com saca-rolhas. Sei que ela vai morrer de desgosto. Hoje em dia chamam isso de depressão mas aqui sempre foi morrer de desgosto. Paravam de sair de casa, paravam de comer e paravam de querer viver e após algum tempo morriam, e isso é o que está acontecendo com Carmen. Tomara que venha me ver quando morrer. Sei que ela as santas vão levar porque nunca fez mal a ninguém, ajudava todo mundo. Dos patrões e da polícia tinha raiva sim, mas de mais ninguém. Tomara que tenha tempo de vir se despedir antes que as santas a levem. Não sei se ela já imaginou o que aconteceu com o menino porque nunca perguntou e eu nunca contei. Era muito peso para ser carregado por ela, que não teve nada a ver com aquilo. Eu gostaria de contar antes que ela se vá, mas tenho medo de que se eu fizer isso ela fique presa aqui na casa por lembrar da raiva que sentia dessa família e então não queira ir.

Pra minha neta, arcar com esse peso também foi custoso no início. Ela pensava que a polícia viria procurá-la a qualquer momento pra levá-la outra vez. Toda noite repassava em sonhos o que dissera no interrogatório. Também balbuciava coisas sobre o armário, repetia o que aquele desgraçado disse enquanto ela o conduzia pelo braço escada acima. Não sei do que você está falando, não sei do que você está falando. Eu a ouvia murmurar lá da cama as mesmas palavras várias vezes. Levantava-se com a boca pastosa e olheiras roxas, como se não tivesse dormido a noite inteira. Quando estava desperta não mencionava nada, mas eu via em seu rosto que ela estava pensando naquilo. Não saía da casa e mal comia. Passava o dia largada no banco, seu olhar se perdia e então eu via que ela estava ruminando tudo outra vez. Eu sabia que não iam encontrar nada mas não havia maneira de convencê-la. Não importava o que eu dissesse. A comichão se agarrara às suas tripas e não ia embora. Tive medo de que aquilo permanecesse dentro dela e ela se deixasse morrer como Carmen estava fazendo.

Uma noite a despertei quando falava sonhando e a obriguei a se levantar. Eu não aguentava mais aquilo. Ficava a noite inteira em suspenso, transtornada com as frases que ela repetia entre dentes sem descanso. Ela dormia mas eu velava porque não havia modo de fechar os olhos com aquele seu zum-zum de transtornada. Quando a acordei parecia que em vez de arrancá-la do sonho eu a puxava pro fundo de um poço. Ela suava e tremia como se tivesse febre e assim que abriu os olhos me olhou como se nunca me houvesse visto nem soubesse onde estava. Tinha a boca cheia de uma baba branca espessa que lhe formara grumos nas comissuras dos lábios, e as olheiras mais fundas e mais escuras do que nunca.

Agarrei-a pela mão e a puxei até o armário, do outro lado da alcova. Eu não podia mais com aquilo, nós duas íamos enlouquecer. A madeira rangeu e a porta se abriu uns centímetros. Eu podia sentir a ansiedade do móvel. Pedi à minha neta que me ajudasse a empurrá-lo pra afastá-lo da parede. Ele pesava como um demônio, como se estivesse cheio de pedras. Não queria que o movêssemos. Agachei-me junto à parede e contei os tijolos passando o dedo por cima. Não me lembrava da última vez que tinha feito aquilo, mas devia ser um bocado de tempo, antes da minha neta nascer. Durante muitos anos eu olhava todas as semanas para ver se meu pai tinha se mexido, mas por fim me dei conta de que ele não ia sair dali. Nós não podíamos sair da cilada que ele tinha armado pra gente mas ele também não.

Empurrei o tijolo de um dos lados até que se moveu. Tirei-o com cuidado, puxando-o. O reboco da parede descascou e uma parte caiu no chão. Minha neta me fitava com os olhos vidrados de sono, sem entender o que eu estava fazendo. Depois de dar uma olhada lá dentro fiquei de pé me apoiando na parede porque meus joelhos doíam como condenados. Passei a ela a lanterna que deixo na gaveta da mesa de cabeceira pra quando a luz se vai, porque nesta casa nunca se deve ficar totalmente às escuras.

Ela pegou a lanterna e se ajoelhou sem dizer nada. Não sei se naquele momento já voltara daquele poço onde afundara quando dormia mas a expressão havia mudado. Continuava suando mas apertava a mandíbula. Afastou o cabelo grudado na testa e acendeu a lanterna. A casa estremeceu. No térreo as portas se abriram e se fecharam com força e as panelas e caçaro-las bateram contra o chão da cozinha. Tinha muito tempo que não faziam uma barulheira daquelas. Às vezes se atreviam a jogar no chão um talher que estava na mesa ou a abrir uma fresta nalgum móvel, mas havia muito que não chegavam a tanto.

Ela pousou a lanterna no vão do tijolo e aproximou o rosto. Moveu a luz de um lado pro outro até que o viu. Percebi que o tinha visto porque se sobressaltou, mas em seguida aproximou o rosto ainda mais. Seu cabelo úmido de suor grudou no re-boco. Ela percorreu as três figuras com o feixe de luz. A maior continuava apoiada no mesmo local de sempre, com a boca aberta e as órbitas vazias. Ao seu lado havia outra, também um homem. Percebia-se que estava ali havia muito menos tempo, a casa ainda não o consumira por completo. A terceira mal media um metro. Estava recostada na parede, com as pernas esticadas e as mãos estendidas ao longo do corpo. Seus olhos estavam fechados.

Minha neta se afastou da parede e pôs o tijolo de volta. Desligou a lanterna e se levantou do chão. Sacudiu a poeira da calça do pijama e o reboco do cabelo. A casa ficara em silêncio, escutavam-se apenas os gatos no pátio dos fundos. Quando fazia calor eles não dormiam aqui dentro. Empurramos o armário até colocá-lo no lugar. Depois nos metemos cada uma na própria cama e eu apaguei a luz da mesa de cabeceira.

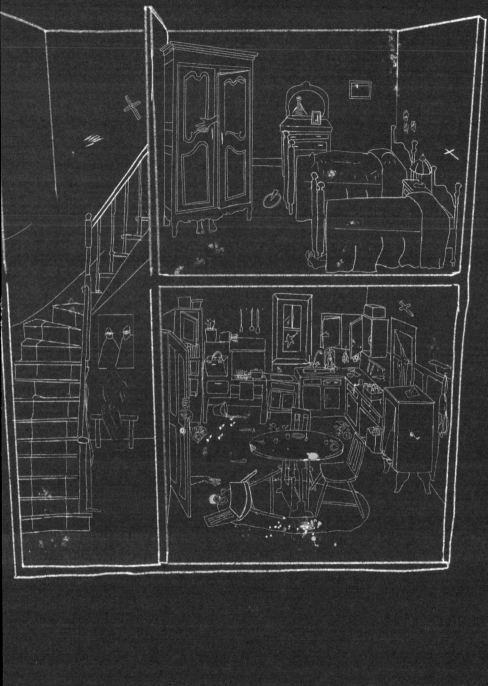

Agradecimentos

À minha avó materna, por me deixar contar a história de sua casa e de sua família. Por me explicar as vidas dos santos e me ensinar a ouvi-los. Por me falar dos mortos que aparecem num canto da alcova. À minha mãe, por acreditar na vingança. Ao meu pai e ao meu irmão, porque sei que estão orgulhosos desta história embora não digam. A Sara e a Munir por serem meus primeiros leitores. A Victoria, minha editora, pelas correções e pela ajuda, mas sobretudo por acreditar neste romance. A José, porque desde que lhe contei que havia descoberto que meu bisavô vivia das mulheres ele fez parte da história que este livro conta e fez parte da minha história.

ESTA OBRA FOI COMPOSTA PELA ABREU'S SYSTEM EM ADOBE GARAMOND
E IMPRESSA EM OFSETE PELA GRÁFICA PAYM SOBRE PAPEL PÓLEN BOLD
DA SUZANO S.A. PARA A EDITORA SCHWARCZ EM FEVEREIRO DE 2024

A marca FSC® é a garantia de que a madeira utilizada na fabricação do papel deste livro provém de florestas que foram gerenciadas de maneira ambientalmente correta, socialmente justa e economicamente viável, além de outras fontes de origem controlada.